万能鑑定士Qの謎解き

角川文庫
18564

目次

北京

　蔡振華(ツァイ・ツンホワ)はまだ陽の昇らないうちから、鼓楼に近い粗末な瓦(かわら)屋根を抜けだし、四歳の幼い娘を抱えてバス停に向かった。

　早朝であっても、人の姿はいたるところにある。公園には太極拳(たいきょくけん)に興じる高齢者をよく見かけた。胡同(フートン)の庶民は狭苦しい住まいに、二世帯以上の家族がひしめきあって暮らしている。ひと部屋に全員が身を寄せあって寝る窮屈さだった。よって目覚めの早い者から、夜明けとともに解放感を求めて家をでる。老婦は安堵(あんど)に満ち足りた顔で深呼吸をしていた。朝の静寂はなにものにも替えがたいのだろう。たとえPM2・5の汚染にまみれた空気のなかであっても。

　ツァイの一家がでかけたのには別の理由があった。娘の咳(せき)がとまらない。気管支喘息(ぜんそく)の症状はひどくなるいっぽうで、昨晩からは発熱も伴っている。手術が必要との警告は、以前から受けていた。いよいよそのときがきた。受診するには、この時間から並ばねば間にあわない。

だが病院に到着するや、ツァイは茫然とたたずむしかなかった。妻も途方に暮れたようすで、道いっぱいに溢れかえる群衆を見渡している。

外来診察券を求める人々の数は予想以上だった。衣類と食糧を袋詰めにして携えた年配者らが、疲弊しきった顔でそこかしこに立ち尽くす。

この状況が何を意味するのか、北京という街に暮らすツァイには痛いほど理解できた。ベッドの空きがない。いや正確には、払えるだけの値段のベッドはすべて埋まっている。札束を積めばすぐにでも入院が可能だろう。それができない患者たちが列をつくる。出稼ぎ労働者とおぼしき白髪頭の男性が座る周りには、おびただしい数のゴミが散乱していた。二日以上は留まっているのだろう。

その男性がもたれかかる壁には、色褪せたポスターが貼ってあった。眼鏡をかけ、頭髪は七三に分け、白衣を着た中年男性の写真が大きく印刷されている。この病院の院長、名医として知られる郭敬璉。マスコミでよく取り沙汰されるのを見たときには、雲の上の存在に思えた。彼の病院を訪ねたいまも、なお同じ距離感のままだった。救いの主は、手の届かないところにいる。

妻の思いもそこに至ったのか、目に大粒の涙が膨れあがった。肩を震わせて泣きだす妻の嗚咽(おえつ)、娘の苦しげな咳。耳に届くそれらが、ツァイの抱える家族のすべてだった。

半年前まで、ツァイは四十人ほどの従業員を雇う経営者の座にあった。自転車の部品を製造する下請け工場を石景山(せきけいざん)区のはずれに持っていた。

しかし、昨今の賃金や原材料費の高騰、電力費や輸送費の上昇、さらには人民元高が進み税金もあがったせいで、小規模製造業は立ち行かなくなった。

ハイパーインフレを警戒してか、政府は銀行の預金準備率を十二回も引きあげている。極端なまでの金融引き締め策によって、銀行の貸し渋りも常態化した。

結局、資金繰りに行き詰まり、ツァイは工場を閉鎖せざるをえなかった。従業員は全員解雇。それでも退職金を払うため、〝民間借貸〟すなわちサラ金に手をだした結果、利息が膨れあがった。返済不能の事態に追いこまれ、厳しい取り立てが連日のようにつづいている。

娘の入院が無理と知った翌日、ツァイは闇金業者を訪ねた。十中八九、泥沼に嵌(は)まると予測されたが、藁(わら)にもすがる思いを拒(こば)みえなかった。

北京の最南端、地方労働者でごったがえす大興(ダーシン)区にある場末の酒場で、ツァイはその業者と顔をあわせた。

浅黒い顔に髭面ながら、わずかに同情のいろが籠もっていると感じられる。そんな穏やかなまなざしの男が、じっとツァイを見据えてきた。「なるほど、話はよくわかった。こんなひどい空気じゃ、娘さんの病気も心配だな。田舎に移っちゃどうだ？」

ビールがなみなみ注がれたグラスに、ツァイは手を伸ばした。「妻の両親が胡同に住んでる。近くにいてやらないと」

「そうか」業者は顎を指先で掻いた。「国内で銭の調達は難しいな。しかし、海外の資金なら引っ張ってくる当てがある。あんたが事業でだした不渡りもぜんぶ一本化しちまいな」

「そんな大金を貸してくれるところなんて……」

「あるんだよ、それが。キャッシュカード持ってるな？　ちょっと預からせてもらえるか」

「いいけど……。預金残高はゼロに等しくて」

「それでかまわないんだよ。いまだけだ、すぐ返すから。さあ、寄こしてみろって」

空っぽの口座がなんの役に立つというのか。怪訝に思いながらも、ツァイは財布からカードを取りだし、業者に手渡した。

「待ってろ」業者はそういって腰を浮かせた。足ばやに店をでていく。

席に居残っているうち、ツァイのなかに不安が募りだした。もしかして、早くも担がれたか。けれども、業者がカードを悪用しようにも元手がない以上、どうにもならないはず……。

じれったさを噛みしめながらグラスを傾けること数分、業者が店に戻ってきた。席につくや、業者はカードを返しながらいった。「金、調達できたぞ」

ツァイは息を呑んだ。「嘘だろ……？」

「ＡＴＭで残高をたしかめりゃわかるって。悪いが、手数料はきょうじゅうに払ってくれよな。入金した額の二割でいい。ほら、これがうちの口座番号。おめでとう、あんたはきょうから富裕層だぜ」

それだけいうと業者はふたたび立ちあがり、振りかえることなく退出していった。狐につままれたような空虚さだけが残された。放置されたグラスのなかで、ビールの気泡が消えかけている。その無味乾燥な眺めとともに、ツァイはぼんやりと思った。支払いは俺か。

店をでてほどなく、ツァイは疑心暗鬼な気持ちで街角のＡＴＭに立ち寄った。本来なら治安の悪い大興区で操作しないほうが賢明だが、かまわなかった。どうせ残高ゼロに決まっている。

ところが……。次の瞬間、ツァイは全身が凍りつくような衝撃を覚えた。

預金残高、一千万元超。わずかな端数は、以前から口座にあったツァイのささやかな全財産だった。いまやとてつもない巨額が、ツァイのもとにあった。

そんな馬鹿な。信じられない。ツァイはわが目を疑った。

だが、タッチパネルの画面に表示された数字は幻ではなかった。豪邸を建てても余りあるほどの大金が、唐突に降って湧いたがごとく懐中におさまっている。

ツァイはカードを機械から取りだすと、無我夢中で銀行へ走った。急がなければ、泡も同然に消えてしまいそうに感じられてならない。可能な限りの支払いを済ませねば。

銀行のATMで真っ先に手続きしたのは、今回の業者への振りこみだった。二割、二百万元を渡されたメモの口座に送金する。ただちに払っておかないと落ち着かない。

次いで銀行など金融関係に対し、借金の大きい順から返していく。闇金から借りいれたぶんまでは賄いきれなかったものの、それ以外はほぼ完済した。胸のつかえがおりた、ため息とともに実感を味わった。

口座にはまだいくらか端金が残っている。ツァイはそれを引きだし、妻のために夕食の具材を、そして娘のためには喉の薬と解熱剤を買っていった。

その夜、ツァイは妻に告げた。「借金はどうにかなりそうだ。今後、町で働きゃ丸ごと収入になる。入院費も稼げるぞ」

「ほんとに？」妻は目を丸くした。

「ああ」ツァイは大きくうなずいてみせた。「運がめぐってきたんだ。今度こそ慎重に生きてくよ。もう迷惑はかけない。また家族三人で楽しく暮らそう」

狭い家屋、寝床も食卓と同じ部屋だった。ベッドで娘がぜいぜいと苦しげな呼吸を反復させる。その辛そうな響きも、近いうち安らぎに満ちた静寂に変わる。俺はここからやり直す。再起のチャンスを与えられたんだ、二度と足を踏み外してなるものか。ツァイは心に誓いを刻みこんだ。

だが翌朝、異変が生じた。

携帯電話に着信した番号に、ツァイはまるで見覚えがなかった。応答してみると、女性の声が告げてきた。「香港貿易銀行です。ツァイ・ツンホワさんの番号でよろしいですか」

「はい。そうですが」

「昨日、ツァイさんが送金手続きをなさった金額を、口座から引き落そうとしたのですが、残高不足のためできませんでした」

「な」ツァイは心拍が速まるのを感じた。「なんですって」

「つきましては、ただちに口座に送金額をお振りこみいただきたく……」

それ以上、耳を傾けてはいられなかった。心配そうなまなざしを向けてくる妻を後に残し、ツァイは外に駆けだした。

最寄りのATMに走り、キャッシュカードの残高を確認する。

きのう業者に出会う以前に、時間が遡ったかのようだった。一千万元の入金は、跡形もなく消えていた。のみならず、事態はより悪化していた。見たこともないマイナス表記が画面に映しだされている。九百七十六万六千二百十七元の負債。その意味を理解するのは困難だった。ただ、借金は消えることなく残り、これまで関わってもいないはずの香港の銀行から返済を求められた。それらふたつの事実だけはあきらかだった。

ツァイはあわてて業者へと電話をかけた。しかし、つながるはずもなかった。業者の番号は解約されていた。音信不通。その沈黙の向こうに、手数料の名目で払った二百万元が溶けていくのを、黙って見守るしかなかった。

　二百万元はほかの送金とともに、香港の銀行が振りこみを肩代わりしたことになっている。いまツァイは、その穴埋めを求められていた。わけのわからないうちに、借金がさらに膨れあがってしまった。

　激しいめまいが襲い、意識も遠のきかける。自分の身に何が起きているかさえ、さだかではない。運命にもてあそばれているかのようだ。

夜、ツァイの家では明かりを灯(とも)さない。扇風機も回さなければ、コンロに火もかけなかった。人がいるのがわかったら、闇金の取り立て屋が押しかけるからだ。

娘の咳(せき)も押し殺さねばならなかった。妻が娘を毛布にくるんで抱き、なんとか呼吸できる範囲で、咳の響きを抑える。娘の身体に悪いことは承知していた。しかし、ほかに方法がない。

とはいえ、咳を我慢させると容態が悪くなる。娘はかえって激しくむせるようになった。ツァイはコップに水を汲(く)んで、妻と娘のもとに駆けていった。

妻は娘を抱きながら泣きじゃくった。「いつまでこんなことを……。もう耐えられない」

ゆうべ希望を与えたのがまずかったのかもしれない。感情の抑制がきかなくなり、絶望の渦に果てしなく呑(の)まれていくのを感じる。ツァイは両手で頭を抱えうずくまった。とらえどころのない悪夢が背にのしかかっている。どうにもならない。

そのとき、玄関の扉を叩く音がした。

ツァイはびくついて顔をあげた。妻も怯えきった表情を浮かべている。

しばらく息を潜めていると、また同じ音が響いてきた。取り立て屋にしては静かに思える。ノックも乱暴ではないし、罵声も伴っていない。それでも気は抜けなかった。

そろそろと足音をしのばせながら、戸口へと向かう。すりガラスの向こうにうっすらと浮かぶシルエットは、女性のように見えた。

誰とも会いたくない。けれども、もし少しでも話が通じる相手なら、救いを求めて窮状を訴えたかった。ツァイは意を決して解錠し、ゆっくりと扉を開けた。

暗がりにたたずんでいたのは、やはり女性ひとりだった。

年齢は二十代前半。マキシワンピースをまとった、ゆるいウェーブのロングヘア。ほっそりと痩せていて、腕も脚も長く、モデルに見まがうようなプロポーションの持ち主。顔は驚くほど小さく、猫のようにつぶらな瞳が特徴的だった。少女のようなかわいらしさと、妙に大人びた美人の横顔が混ざりあった、どこか個性に満ちた面立ち。

ほとんどノーメイクに近い薄化粧からして、この界隈で見かける同世代の女性とはあきらかに異質に思える。北京のビジネスウーマンは真っ赤なルージュをひいているものだった。

女性は控えめに、どこか訛（なま）りの感じられる北京語で告げてきた。「はじめまして（チューッジエンミイエン）。夜分遅くにすみません（チエマワンハイグオライトウイプチー）。凜田莉子と申します（ウオージアオリンティエンリーズ）。ツァイ・ツンホワさんですね？（ニンシーツァイツンホワシエンシャンシーマ）」

日本人……。ツァイは困惑しながら妻を振りかえった。妻はベッドで娘を抱き、びくついた表情で見かえしている。

ツァイは凜田莉子（りんだりこ）なる女性に目を戻した。言葉が喉にからんだ。「なにか……？」

次の瞬間、ツァイのなかに驚愕（きょうがく）が走った。莉子には連れがいた。スーツの上に白衣を羽織った男性。黒革のカバンを携えている。眼鏡に七三分けの中年男性。病院のポスターから抜けだしてきたようなその姿。クォ・ジンリェン院長に相違なかった。

クォは生真面目そうな顔でつぶやいた。「咳がきこえる。なかに入ってもいいかな」

「は……はい」ツァイはあわてて脇にどいた。「どうぞ」

失礼します。クォが足を踏みいれ、ベッドへと向かう。なおも咳きこむ娘にやさしく声をかけ、カバンを開けた。聴診器が取りだされる。

まさか。名医で知られるクォ院長がうちに往診にきてくれるなんて。

にわかに信じがたい光景を、唖然（あぜん）としながら眺める。ツァイは動揺しながら莉子を見つめた。「ど、どうして……」

莉子は静かにいった。「詳しいことはまたあとで。キャッシュカードを拝見できますか」

「カード？　それはいったい、どんな理由で？」

「奥さんと娘さんを連れて、クォ院長の病院を訪ねようとしたのが二日前の朝。きょうの午後には警察署へ行きましたよね。口座にいきなり一千万元の振りこみがあって、手数料の支払いや借金の返済をおこなったけど、けさになって預金は消えてしまった……そう訴えた。警察は、ありえない話として取りあってもくれなかった」

薄氷（はくひょう）を踏むような思いでツァイはきいた。「なぜそんなことを知ってるんです？」

初対面だ。医師を連れてきてくれたとはいえ、警戒するなというほうが無理な相談だった。法外な報酬を吹っかけられるかもしれない。キャッシュカードを手渡すなど論外に思えた。

しかし莉子は辛抱強く語りかけてきた。「よろしいですか、ツァイさん。結婚した直後、お子さんができるかどうか占ってもらうために、国子監街（グオジジアン）の風水師を訪ねましたね？　あの風水師、費用は千元だったけど、占いが当たらなかったら千五百元にして返してくれます。外（はず）れても五百元の儲（もう）けになるから、信頼できる。そう思いませんでしたか」

「ああ……。彼の占いは、実際に当たったよ」

「二分の一の確率ですからね」

「なんでいまさらそんな話を？」

「風水師はつい先日、詐欺罪で捕まりました」莉子は真顔でいった。「わたしもその調査に同行したんです。ツァイさんご夫妻のほかに、もうひと組占ってもらった夫婦がいたとして、両方の占いが当たる確率は四分の一。風水師は二千元の儲けになります。その反面、どちらか一方だけでも当たれば風水師が五百元の儲けを得ます。損をするのは両方外れた場合のみ、一千元のマイナスになりますが、確率は四分の一です。あの風水師は評判を呼び、多くのお客さんを集めてました。二分の一どころじゃなく、四分の三の確率で利益をだしています。巧妙な数字のトリックです」

「そ、そうなんですか。絶対に彼が儲かるようになってたってことですか」

「工場を経営されてたわりには、数字にあまりお強くないようなので……。大興区でお会いになった業者に対しても同様です。信頼できる相手ではなかったでしょう。ツァイさんの口座にお金を振りこんでくれるのなら、カードを借りる必要はなかった。口座番号さえわかれば送金できたはずです」

ツァイは目から鱗（うろこ）が落ちる思いだった。そのとおりだ、たしかに。

娘の咳がひどくなった。ツァイはベッドを振りかえった。妻が不安な面持ちで診療を見守っている。

クォが神妙な顔でカバンをまさぐった。「具合がよくないな。とりあえず、ここでできる最善の措置をしましょう」

これ以上家族を苦しめたくない。もとはといえば、自分の所業により蒔(ま)かれた種だ。ツァイはそう痛感した。思わずため息をつきながら、財布を取りだす。キャッシュカードを莉子に渡した。

莉子はハンドバッグから、システム手帳サイズの機器を引っ張りだした。カードリーダーの一種らしい。ツァイのキャッシュカードを溝に走らせ、慣れた手つきでボタンを操作した。液晶画面に表示された複雑な文字列を眺める。

やがて莉子はつぶやいた。「磁気記録情報に独特の痕跡(こんせき)があります。間違いなく復制組(フーヂーズー)による細工です」

「復制組(フーヂーズー)ですって!?」ツァイは愕然(がくぜん)とした。「違法なコピー品を山ほど作りだしてるっていう、正体不明の団体ですか」

「ええ」莉子はうなずいた。「同様の被害に遭った人は、ほかにも大勢いるんです。ICチップのない磁気ストライプデータを、そっくり別のカードと共通の内容に書き換えるぐらい、彼らにとっては造作もないことです。専用のライターを持ってますから」

「このキャッシュカードの中身が、まるっきり違うものになってるってことですか」

「香港貿易銀行に開設された口座専用のカードに生まれかわっています。カードをATMに挿入しても、照会できるのは香港の口座です。あなたと会う前日に業者が、あなたの名義で開設しました。偽造した身分証を用いたんでしょう。住所や顔写真などは、でたらめでかまわなかった。口座を作っておけばそれでよかったからです。ツァイさんの口座に見せかけるため、同額のわずかな預金だけ振りこんでありました」

「わずかな預金？　しかし、それに加えて一千万元の残高があったんですよ」

「中国と香港は一国二制度です。だから北京からの申しこみで、香港の銀行に小切手の現金化を依頼すると、確認に二十四時間以上が費やされます。実際には現金にできない空手形で手続きしておけば、確認が終わるまでのあいだ、口座の残高には小切手の額面が表示されるんです。一千万元の預金はあるものとして、他行への送金が可能になるけど、やがて空手形だったことがあきらかになったら残高は消滅。借金だけが残ります」

「す、すると俺は……。あの業者に払った二百万元は……」

「詐欺で丸ごとだましとられたわけです」

「ああ！」ツァイは思わず両手で顔を覆った。「俺は大馬鹿だ。さんざん辛酸をなめさせられていながら、学習能力もなくまたカモられちまった」

莉子はカードを返しながら、穏やかにいった。「これからは一攫千金を夢見たりせず、堅実に暮らしてください。このカードは後日、警察に提出してくださいね。貴重な証拠物件になりますから」

「どうせ役に立たないんだから、かまいません。……しかし、あなたはいったいどういう人なんです。警察関係ですか？日本から来たとか？」

ごく自然な微笑を浮かべて、莉子は頭をさげた。「申しわけありません。急ぎますのでこれで。娘さん、よくなるといいですね」

「は、はあ……」

すぐさま莉子は踵をかえし、戸口の外に飛びだした。風のごとく走り去る背が、夜の闇にまぎれ消えていく。

呆気にとられてたたずんでいると、クォ医師の声がささやいた。「彼女はね、鑑定家さんだよ」

「鑑定家？」ツァイは振りかえった。

クォ医師は、ツァイの娘の腕に注射しながら告げてきた。「知財調査に協力するため、日本から来たらしい。复制组（フーヂーズー）は日本の商品を大量にコピーし、流通させてる。だからあらゆるアイテムに精通した、現地の鑑定家の目が必要だったんだよ」

なるほど、道理（どうり）で……。とてつもない知識と頭の回転の速さを誇っていたわけだ。しかも彼女には、わが国の人間にない思慮深さが感じられた。貧困にあえぐ詐欺の被害者と知りながら、決して見下したりせず、親身になって接してくれた。

ふとツァイは、娘の咳（せき）がやんでいるのに気づいた。いつしか娘は寧静（ねいせい）を取り戻したようすで、平穏な眠りについている。

妻がまた涙を浮かべていた。今度ばかりは嬉（うれ）し泣きに違いない。同じ気持ちだとツァイは実感した。

ツァイはクォにいった。「なんとお礼を申しあげていいか……」

するとクォは微笑とともにつぶやいた。「本格的な治療はこれからだよ。すぐに病院のベッドを手配しよう。手術すれば完全に回復できる」

「あ」妻が戸惑いがちにささやいた。「でも……。それにはお代が……」

クォは首を横に振った。「費用は知財調査の関連会社が払ってくれるよ」

「えっ」ツァイは思わず驚きの声をあげた。「そうなんですか？」

「さっきの鑑定家さんが、私のもとを訪ねてきてね。強引にここまで連れてきた。と同時に、電話で会社を説得して出費も了承させたらしい。必要経費の一部も同然だってね。感心したよ。物静かで控えめに見えて、やるときはやる。あれが日本人女性なんだろうな」

ツァイは開け放たれたままの戸口を眺めた。闇に消えていった彼女の存在が、いつまでも尾を引いて感じられる。吹きこんでくる風とともに、樹木を揺さぶられているかのような心持ちだけが残された。

莉子は漆黒のなかに沈んだ古い住宅地を抜け、旧鼓楼大街の時代がかった散策路にでた。昔ながらの石造りの門構えや塀が連なるなか、そこかしこに飲食店があって、この時間にもまだ営業をしている。人の賑(にぎ)わいも分散化され、光に差しかかれば喧騒(けんそう)が、暗がりに至れば森閑(しんかん)とした静けさがある。陰陽の落差のなかを、莉子は足ばやに突き進んだ。

取りだしたスマートフォンを操作し、電話帳のなかから〝林蘭芳(リン・ランファン)〟の名を選ぶ。

こちらの女性はみなそうなのか、あるいは彼女特有の趣味か、ランファンは莉子のスマホに番号を記録させるだけでは飽き足らず、カメラ機能で顔写真を撮らせた。それを名前と一緒に電話帳に登録させるまで、解放してくれなかった。友達なら、そうして当然というのが、ランファンの言いぶんらしい。むろん莉子の画像も彼女のスマホにおさまっている。

いま液晶画面に表示されたのは、ショートの黒髪に小顔、整った目鼻立ちの美人だった。二十五歳の実年齢よりはいくらか若く、ふたつ年下の莉子にとっても同期に思える。性格も明るくやんちゃなところがあった。化粧は濃くて、日本でいえば一九八〇年代風。ランファンに限らず、北京の女性はみな派手なメイクを好んでいた。遅れているのではない、日本とは対極の文化が流行るのだろう、そう思った。

画面を指で軽く叩くと〝呼出中〟の表示がでる。すぐにランファンの声が応じた。早口ぎみの北京語がたずねてくる。「莉子？　どこへ行ってるの、こんな時間に」

「ツァイさんの家」莉子は歩を緩めずにいった。「キャッシュカードの書き換え、予想どおりだった。カードの規格はISO／IEC4909。第三トラックでエンコードされたデータ構造が、トランザクションのたびに書き換えられているのを、復元して暗証番号を解読してる。複製組のカードライターと共通のプログラム」

「ちょ、ちょっと」ランファンの声はあわてたようすで訴えかけてきた。「観光でもないのにひとりで行動しないでよ」

「ツァイさんと接触した業者、大廠潮(ターツァンツァオ)白河工業区の第二十八番倉庫に出入りしたの、確認できてるんでしょう？　なら証拠揃ったわけよね」莉子は歩きながらカードリーダーを取りだし、USBケーブルでスマホとつないだ。「いまデータ送信する。これで公安部による立ち入り捜査も可能になるはず」

「それはそうだけど……」ランファンが電話の向こうで息を呑(の)む気配があった。「すごい。受信したデータのアプリによる解析結果を、実際に目でたしかめたからだろう。内偵で入手したデータと完全に一致」

「また夜のうちに拠点を移しちゃうかもしれない。早く動いて！」

「わかった。局長叩き起こして、三十分で準備するから。莉子はどうするの。いまから会社まで来(こ)れる？」

「現地に直接向かうから、そこで落ちあいましょう」

「道わかるの？　中国へ来てまだ三か月なのに」

「言葉を覚えるよりずっと楽。じゃ、また後でね」莉子は電話を切った。地下鉄二号線の鼓楼大街駅につづく階段が見えてきた。

もう外国にいる気はしない。北京は莉子のマンションがある明大前(めいだいまえ)や、テナントを借りている飯田橋界隈(いいだばしかいわい)と変わらなかった。

立ちどまり、いまきた方角を振りかえる。夜空に浮かぶ鐘楼と鼓楼、重なりあうふたつの歴史を刻む時計台が視界に入った。荘厳たるシルエットに漂う沈黙こそが、もはや一刻の猶予もない、そう急(せ)かしている気がした。

突入

ランファンは最好在国際諮詢有限公司、英語名ベスト・インターナショナル・コンサルティング・カンパニーリミテッド、略称ＢＩＣＣの調査員だった。二十五歳、しかも女性でこの職務に就けるのは誇りに違いなかったが、上には上がいる。日本からやってきたフリーランスの鑑定家、凜田莉子の慧眼（けいがん）には舌を巻きっぱなしだった。

ＢＩＣＣの実態は、中国国内に溢（あふ）れかえる偽物商品の摘発に尽力するプロ集団。諸外国の認識なら知財調査会社と呼ばれる。しかし、この国において調査活動は政府にのみ許される行為であり、民間には委託されない。よって法律上は、コンサルタント企業としてのみ認可されている。業務内容にそぐわない社名はそのせいだった。

同種の企業は中国全土に二百もあるが、ランファンの勤めるＢＩＣＣは最大手に違いなかった。拠点は北京のほか上海、浙江（せっこう）省、広東（カントン）省。調査員は六十人。日夜情報収集に努め、あらゆる分野のマーケットに目を光らせ、怪しい工場を内偵するなど行動しつづける。

午前零時過ぎ、大廠潮白河工業区の倉庫街は静寂に包まれていた。がらんとした駐車場に点在する街路灯の明かりが、プレハブながら体育館のような規模を誇る第二十八番倉庫の外観を、おぼろに浮かびあがらせる。

距離を置いて待機する公安部人民武装警察の制服の群れに、ランファンも一張羅(いっちょうら)のスーツを着て加わっていた。ときおり見かける私服は警官ではなく、BICCの関係者だ。北京調査局局長、五十歳過ぎの肥満体もそのひとりだった。

趙(チョウ)は眠たげな顔でランファンにぼやいてきた。「早めに寝ようとベッドに入ったとたん、このありさまだ。警察に通報までして、何もなかったじゃ済まされんぞ」

「ご心配なく」ランファンはいった。「以前から内偵していた倉庫です。日本の骨董(こっとう)品が保管されていることはわかっていて、写真の解析から偽物と推察されてもいました。キャッシュカード詐欺の偽造業者が出入りしていた以上、復制組(フーヂーズー)の拠点のひとつに間違いありません」

「また末端の下請け工場じゃないだろうな。いい加減、幹部クラスのひとりぐらい炙(あぶ)りだせなきゃ話にならん」

今世紀に入ってから製造業が発展し、技術レベルも向上した。その副産物として、コピー商品の生産量も世界一にのぼりつめてしまった。西欧のブランド品から日本の家電、食品、雑貨に至るまで、偽物もしくは、本物とうりふたつの意匠を冠したまぎらわしい代物が、山ほど作りだされている。

　この国では長年、地方保護主義が障壁になり、行政も偽物の摘発には消極的だった。偽物製造が地場産業の中核をなす地域も少なくないからだ。模倣品づくりに対する罰則も軽く、オリジナルの権利者に支払われる賠償額もごくわずかに留まる。さまざまな要因が偽物市場を拡大させ、知的財産無視の剽窃大国という、ありがたくないレッテルを貼られるに至った。

　ＢＩＣＣはそうした国家の不名誉を払拭すべく設立された。外国企業の依頼で動くこともあれば、みずから偽物業者の製造販売ルートを暴いたりもする。一朝一夕にはいかなくとも、この国の浄化に心血を注ぎ努力をつづける。事実、ＢＩＣＣが活動を開始してから十年、偽物製造を生業とするベンチャー企業は激減した。

　取り締まりが厳しくなると、違法業者の側は地下に潜る。それまではいちおう会社の体裁を成していたものが、反社会的集団の色合いを濃くし、工場の所在地から販売網まで隠蔽し闇取引に徹する。

　なかでもＢＩＣＣの天敵といえるのが复制组だった。美術品や骨董品からカード類まで、ありとあらゆるコピーを製造。国内最大の偽物メーカーながら、法人の登記もなく、拠点も組織構成もすべてが謎に包まれている。数万人と目されるメンバーの正体もあきらかでない。これまで捕らえられたのは末端でこきつかわれていただけの、事情を知らない日雇い労働者ばかりだった。

ランファンはスーツの上から防弾ベストと防具を身につけた。民間人である以上、警官たちと違い武器の携帯は許されない。

同じように防具を装備した、痩身(そうしん)の男性が近づいてくる。髪を短く刈りあげた、爽(さわ)やかな顔だちの男性。年齢は二十七歳、実際にBICCでもランファンの二年先輩だった。名は肖外龍(シャオ・ウワイロン)、北京の复制组(フーヂーズー)に関する案件は、ランファンと彼の担当だった。

シャオはため息まじりにつぶやいた。「きみと僕のふたりで、ここから倉庫まで先陣切って走るのか。もっと近くで準備すりゃいいのにって愚痴(ぐち)りたいところだけど、そうもいかないよな」

「ええ」ランファンはうなずいてみせた。「复制组(フーヂーズー)の工場には、悪名高い〝証拠隠滅桶〟があるから。ガサいれを察知されるわけにいかない」

「凛田莉子さんは?」

「直接こっちへ向かってるって」

「彼女の勘が正しいことを祈りたいよ。証拠は充分でも、空振りに終わった過去も多々あったから」

現場の指揮を執る一級警司のバッジが、ランファンとシャオの身体を眺めまわした。

「準備できたら、さっそく行動してくれ」

この瞬間にはいつも戸惑いを禁じえない。本来なら、武装している警官こそが真っ先に突入するべきだろう。民間人は彼らの後につづくべきだ。だが偽物製造業者の摘発に関しては、少々事情が異なる。

ＢＩＣのような事実上の調査会社は、工商行政管理局と品質技術監督局を通じ、公安部の協力を求めるかたちをとっている。よって証拠が揃ったとき、ＢＩＣの調査員は警官より先に現場へと潜入し、証拠を押さえねばならない。警察はあくまで法の執行と秩序の乱れを取り締まるのが仕事であり、業者の不正を暴く役割はＢＩＣに委ねられている。摘発に至らなかった場合は、ＢＩＣがその責を負わされる。

つまるところ国家に申し立てることがあるなら、身体を張って証明しろという意味だった。腑に落ちない制度と感じつつも、改革には期待できないのがこの国の常でもある。

凜田莉子を待っている時間はない。ランファンはシャオとともに、暗闇のなかを倉庫めざして駆けだした。ふたりとも元アスリートとして鍛えた脚を持っている。ランファンは体操、シャオはバドミントンの代表選手に抜擢された過去があった。遠方に見えていた倉庫も、視界のなかでみるみるうちに大きくなる。

走りながらシャオがささやいてきた。「日本語を勉強しはじめてから、あっちの食品についても興味が湧いてね。鑑定家の意見をききたかったのにな。ボタモチとオハギって、どう違うんだ?」

「あとで莉子にきけばいいでしょ」

「無事に帰れたらの話だ」

「しっ。入り口はすぐそこよ」

倉庫の正面に見えるスライド式の扉は、わずかに開いていた。なかから明かりが漏れている。

ランファンは戸口の脇に貼りつき、そっと内部を覗きこんだ。広い空間は雑多な物で溢れかえっている。ひとけはなさそうだった。

なかを指しめし、シャオに合図する。シャオがうなずいて、素早く戸口に滑りこんでいった。ランファンもその後につづく。

床を埋め尽くさんばかりに積みあげられているのは、古伊万里の皿だった。土産物の工芸品とは違い、あきらかに年季を感じさせる。だが……。

シャオが一枚を手に取った。「初期伊万里の染付鷺図皿。柔和な地肌、素焼焼成をしていない生掛けだな。それぞれ歪んでるし、高台の径も小さい。一見本物だ」

ランファンも手近な皿を裏がえし、懐中電灯で照らして観察した。「呉須のいろも濃淡も、初期伊万里の特徴をよく再現してる。表面もすりガラスっぽくして本物らしさをだしてるけど、呉須が平面的すぎる」

「妙な重たさがある。高台の近くで急に器体が厚くなってる。よくできてるが偽物だな」シャオは辺りを見渡した。「なんと、これらがぜんぶそうか」

倉庫のなかは細かく区切られていた。行く手に見える壁に開いた間口から先に、いくつもの掛け軸がさがっているのがわかる。ランファンはトランシーバーをオンにして告げた。「古伊万里の贋作、大量の在庫を発見。警察の立ち入り捜査を願います」

チョウ局長の声が応じた。「了解。すぐ一級警司に伝達する」

ほっとひと息つきかけたそのとき、間口に人影が現れたことに気づいた。こちらを見て立ちすくんだのは、髭面の男だった。キャッシュカード詐欺を働いた偽造業者だ。

男はあわてふためいたようすで、奥へと逃げていった。ランファンはシャオとともに駆けだした。証拠品の偽古伊万里を破損しないよう、床にわずかずつ点在する隙間につま先をねじこませ、跳躍するがごとく疾走していく。

背後に大勢の靴音をきいた。警官隊が踏みこんできている。ランファンは振り向かず怒鳴った。「関係者一名確認！　確保を要請します」

警官たちがにわかに色めき立ったのを背に感じる。ここまでの状況に至れば彼らに下駄(げた)を預けることも可能だが、ランファンは立ちどまらなかった。シャオも同様だった。复制组(フーヂーズー)の一員を捕らえられるかどうかの瀬戸際だ。自制など利くはずもない。

間口を抜けて次の部屋に入る。今度の空間は狭かった。掛け軸のほか、棚には日本刀や火縄銃の類(たぐ)いが、美術展さながらに並んでいる。さも高価そうに見えるが、これほどの数の本物が揃えられるとは到底思えなかった。

男はさらに奥の扉に駆け寄ろうとしたが、なだれこんできた警官隊にまわりこまれ、進路を断たれた。

愕然(がくぜん)とした表情を浮かべた男は、切羽詰(せっぱつま)ったようすで後ずさり、棚から火縄銃を一丁取りあげた。警官たちが反応し躍りかかったが、彼らが達するより早く、男はライターで銃の導火線に火をつけた。

警官隊の動きが凍りついた。全員がいっせいに壁ぎわまで退く。男は火縄銃をかまえ、銃口を水平に振って威嚇(いかく)した。導火線が火花を散らし、煙がたちこめだす。線香に似たにおいが鼻をついた。

明朝時代の〝鳥銃〟とは形状が異なる。やはり日式火縄銃に見えるが、ならば多弾装塡式ではない。一発撃てばそれで終わりだろう。全員で飛びかかれば取り押さえられるはずだ。ところが、警官は誰もが緊張の面持ちで身構えるばかりで、歩を踏みだそうとさえしない。

シャオが情けない声でつぶやいた。「無理もないな。一発だけとはいえ、誰もそれを食らいたがらない」

ランファンはじれったさを嚙みしめながらいった。「こういうときに活躍しなくて、なんのためのおまわりさんよ」

そのとき、悠然と歩く足音が室内に響いた。

ひとりの女性が警官の群れを割って進みでて、火縄銃の男のもとに歩み寄っていく。

誰あろう、凜田莉子その人だった。

「り」ランファンは思わず声をあげた。「莉子」

男は汗だくになりながら、銃口を莉子に差し向けた。だが莉子は恐れたようすもなく真正面に立ち、男と向かいあった。

すかさず男が声を張った。「なんの真似だ」

莉子は落ち着き払った物言いで告げた。「仕事をしにきたのよ」

「仕事だと?」男は銃口を莉子の胸もとに突きつけた。「どんな?」

「鑑定」莉子は導火線を一瞥した。「前装式でライフリングなし、グリップの装飾は会津藩製火縄銃。山本八重が改良を施した後期の仕様。でもバネ仕掛けに火縄を挟んでないし、においからして硫黄を含んでないから微粉末黒色火薬でもない。それ、導火線じゃなくて線香花火でしょう。見せかけだけの偽物で、発射構造と連動してない」

男が目を丸くして静止した。火縄銃の導火線が燃え尽きたとたんにくすぶり、火花が消えた。ため息のごとく少量の煙が噴きあがる。それっきり、銃はただの飾りと化した。

次の瞬間、押し寄せた警官隊が男をなぎ倒し、その上に飛び乗って人の山を築きあげた。室内は大混乱と化したが、にわかな喧騒にも、莉子はしらけた顔で踵をかえしたのみだった。

ランファンはシャオとともに莉子と合流し、歩調を合わせた。いまだ火縄銃の男にかまってばかりの警官らを尻目に、三人で奥の扉へと突き進む。

「早かったのね」ランファンは莉子にいった。

莉子は歩きながらつぶやいた。「なんとか終電に間に合ったから」

シャオが行く手の扉を開けた。「ちょうどよかった。莉子にききたいことがあってね。ボタモチとオハギの違いなんだけど……」

無駄話はそこまでだった。扉の向こう、長く伸びた通路にまたひとり男性が立っていた。黒いサングラスにマスク、禿（は）げあがった額。背は低く撫（な）で肩、小太り。

ランファンは思わず声をあげた。「总的导体（ソンダーダオティ）!?」

复制组（フーヂーズー）のボスは、総指揮者を意味する〝总的导体（ソンダーダオティ）〟なる呼称で知られている。本名も素性もいっさい不明。だが、身体上の特徴だけは伝えられている。目の前にいる男は、そのわずかな情報と一致していた。

总的导体（ソンダーダオティ）とおぼしき男は身を翻（ひるがえ）し、廊下を逃走しはじめた。ランファンは真っ先に廊下に飛びこんだ。莉子とシャオが後ろから追いかけてくる。

角を折れ、总的导体（ソンダーダオティ）の背は見えなくなった。ランファンがその角に到達したとき、行く手にも男の姿はなかった。

複数の靴音に振りかえると、ようやく警官たちが廊下を走ってくるのが見える。

シャオが警官隊に呼びかけた。「总的导体（ソンダーダオティ）らしき男がいた。こっちだ」

色めき立った警官らは廊下を直進していく。だがランファンは、脇道があるのに気づいた。壁に一枚の扉がある。

その扉の把っ手を握ってみる。鍵はかかっていなかった。ランファンは莉子にいった。「先まわりできるかも」

「そうね」莉子は同意をしめしてきた。ふたりで扉の向こうに足を踏みいれる。

壁のスィッチを手で探りあて、照明を灯した。とたんに、ぎょっとして立ちすくまざるをえなかった。

ここの奥にもうひとつの扉があるが、行き着くのは至難の業に思えた。高さ六十センチほどの、繊細な図柄を描きこんだ古風な壺が、隙間なく室内を埋め尽くしている。

莉子がささやいた。「色絵菊梅牡丹文沈香壺。十八世紀前半ヨーロッパに輸出」

ランファンは途方に暮れた。警察がすでに倉庫内を捜索している以上、贋作をかならずしも後生大事にとっておく必要はない。とはいえ、これだけ精巧な偽物が作られているからには、どこかに手本となる本物が紛れていてもおかしくなかった。真作を破損するわけには……。

引き返そう、ランファンがそう思ったとき、莉子が思わぬ行動にでた。

なんと、目の前の壺を左右の手でふたつつかみあげると、遠くに放り投げた。遠方で壺はけたたましい音を立てて砕け散った。だが莉子はかまわず、さらに壺を次々と投げ飛ばして道を切り開いていく。

衝撃とともにランファンは声をかけた。「り、莉子。そんな乱暴な」

莉子はなおも壺を破壊しながら前進しつづけた。振り向きもせずに告げてくる。

「复制组(フーヂーズー)の幹部クラス以上を捕まえるなら、証拠品の保存にばかりこだわる必要はない。たしかそんなふうにお達しがでてたと思うけど」

「そうだけどさ……。本物が混じってるかも」

「蓋(ふた)のつまみにある擬宝珠、細部が彫りこまれてない。写真を参考にして贋作(がんさく)を手がけたけど、中国磁器の壺にない意匠だから想像がつかず、立体化できなかったのね。だから手本にすべき本物は、ここには存在しない」

なるほど。ランファンは驚かざるをえなかったが、すぐに闘志がふつふつと湧きだした。「ぜんぶ偽物かぁ。そうと決まれば話は早い」

ランファンは莉子の隣りに並び、壺を四方八方に投げながら進路を作りだしていった。けたたましい騒音とともに、破片が宙を舞う。ふたりは着実に奥の扉へと近づいていった。

勢いづいていたせいか、ランファンは手に取った壺のひとつがほかとは異なる形状と気づいてはいたものの、放り投げる動作に歯止めがかからなかった。

　すると、莉子がすかさず両手を伸ばし、その壺をつかんだ。「待って！」

　びくつきながらランファンは静止した。頭上高々と抱えあげた壺を、莉子がルーペで観察する。

　莉子がいった。「そっと下ろして。色絵獅子草花文沈香壺、割文様もほかとは風格が違う。本物かも」

　おっと危ない……。ランファンは息を呑(の)み、慎重に壺を床に下ろした。

　ふたりは黙って互いの顔を見つめあった。ふたたび前方に目を向ける。同種の壺は見当たらなかった。莉子がまた行く手の壺を投げだしにかかる。ランファンもそれに倣(なら)い、破壊の限りを尽くしながら扉に迫った。

　ようやく扉に達すると、ランファンはそれを開け放った。

　吹き抜けの通路にでた。二階にはバルコニー状の廊下が走っていて、警官たちがあわただしく駆けていく。シャオが手すりから身を乗りだして見下ろしてきた。「ランファン、莉子。こっちだ！」

　近道失敗。総的導体(ソンダーダオティ)は二階に上ったらしい。辺りを見まわしたが、近くに階段はなかった。すぐにでも追跡に加わりたい。でも莉子が……。

すると莉子が察したようにいった。「先に行って。わたしは後から追いかけるから」

「……ごめん。きっと階段があるはずだから、探して」ランファンは莉子に告げると、助走をつけてバルコニーに向け跳躍した。

幼少から体操選手として将来を嘱望されてきたランファンは、いまも縄跳びの二重跳びを毎朝百回こなしている。スポーツの道を外れてからも、トレーニングは欠かさなかった。脚力にはまだ自信がある。空中に走る廊下の側面にしがみつき、そこから懸垂の要領で身体を引きあげる。手すりを鉄棒のごとく前転して、二階へと達した。莉子が微笑を浮かべてこちらを見あげる。ランファンが親指を立ててみせると、莉子はうなずいて背を向け、走り去っていった。

ランファンも二階で警官の群れを追い駆けだした。しかし、行く手の通路は十字路だらけで、警官たちは分岐のたび右往左往している。

シャオの背を見つけた。彼はひとりで廊下を走っている。ランファンはシャオにつづいた。

知財調査会社への入社は、鑑定眼より体力を重視された。軍人OBも数多く在籍する。シャオも肩を壊すまで、バドミントンの選手として優秀な成績を残していた。敏捷（びんしょう）さでは警官らにひけをとらない。

走りながらランファンはシャオにきいた。「どうしてこっちだと思うの？」

「外から見たとき、屋根から煙突が突きだしてた。この方角だ」

煙突か。最悪の事態が想定される。すなわち、この先に待っているのは……。

行き着いた小部屋には、以前別の場所のガサいれで目にした物体があった。一見するとたんなる風呂桶（ふろおけ）、しかし浴室には改築が施されている。

サングラスにマスク姿の総的導体（ソンダーダオティ）がいた。手にしたカバンの中身を桶にぶちまける。数百にのぼるUSBメモリ。すぐさま男は壁面のパネルを操作した。蛇口から液体が噴出し、桶のなかに注がれる。

シャオが男に挑みかかり、床に押し倒した。と同時に、ランファンに怒鳴る。「〝溶解液〟を止めろ！」

ランファンはパネルに飛びつき、ボタンを押した。蛇口から流れでる黄いろい液体は途切れた。だが、桶のなかではすべてのUSBが液体漬けになっている。

身も凍る思いとともにランファンはいった。「ぜんぶ溶解液のなかに……」

「なら〝中和液〟をだせ。急げ！」

あわてて別のボタンを押す。もうひとつの蛇口から、無色透明の液体が勢いよく注ぎだした。

この〝証拠隠滅桶〟は、過去に摘発した複製組（フーデーズー）の工場のいずれにも存在した。ユニットバスに手を加え、外付けされたふたつのタンクに入った液体を、本来は湯と水をだすための蛇口からそれぞれ噴出させる。〝溶解液〟はフラッシュメモリの酸化膜をすべて数分で溶かしきるよう、成分が調合されていた。警察が押収できたはずの記録すべてが葬り去られる仕組みだ。この用意周到な設備によって、ＢＩＣはこれまでさんざん煮え湯を飲まされてきた。

だが複製組（フーデーズー）の側にとっても、いったん証拠隠滅を試みたものの、その必要がなくなった場合にデータを回収できるすべが存在していた。それが〝中和液〟だった。ただし、その扱いは厄介きわまりない。十分以内に溶解液をちょうど一パーセントに薄めないことには、酸化膜の劣化をとめられないと判明している。多すぎても少なすぎてもいけない。上海でのガサいれでも、ほんのわずかばかり中和液を注ぎすぎてしまった。たったそれだけで証拠が台無しの憂（う）き目に遭った。

溶解液と中和液がちょうど半々になると、化合により液体が緑いろに変色することもわかっている。ランファンは油断なく、腕時計の秒針と桶のなかを交互に見やった。反応が起きたのは、中和液の噴出からわずか二秒後のことだった。ランファンはシャオに怒鳴った。「二秒で変色！」

「了解」シャオは床に這（は）い、じたばた抵抗するサングラスの男と争っている最中だった。シャオが歯ぎしりしながらいった。「ちょっと手が離せないんでな。そっちで頼む」

ランファンは桶に向き直った。溶解液が五十パーセントまで薄まったのは二秒後。ならば……。一パーセントに達するのは二百秒後になる。パネルのボタンに指を這わせた。三分二十秒。すでに一分が経過した。残り二分二十秒。

総的導体（ソンダーダオティ）と目されるサングラスの男は、仰向（あおむ）けに寝そべりながらも、なおも悪あがきをしつづける。

シャオが柔道の寝技よろしく男を押さえこみ、警官たちに呼びかけた。「手を貸してくれ！」

警官が続々と小部屋に押し寄せてくる。しかし室内が狭すぎて、数人しか入りこめなかった。シャオへの支援にも限りがある。

騒然とする浴室の片隅で、ランファンは操作パネルを見つめていた。指先に汗がにじむ。中和液は一定のペースを保ちながら、桶を満たしていく。残り一分を切った。

二種の液体による化学反応が、決してアバウトなものでないことを、ランファンは過去の経験から痛感していた。ほんの一秒前後しただけでも、酸化膜を貫通された電子の記録は喪失をまぬがれない。きっかり一パーセント。その状態でしばらく放置して、初めて酸化膜の急速な劣化を阻止できる。

あと二十秒。ランファンの動悸が早鐘を打った。十秒。五秒、四、三……。

そのとき、ふいに誰かの手が伸びて、パネルのボタンを押しこんだ。

二秒を残し、中和液の噴出は停止した。桶は静寂とともに、緑いろの水面を湛えていた。

ランファンは振りかえった。液体をとめたのは莉子だった。

「な」ランファンは驚きとともにいった。「なにするの!?　早く中和液をだして。あと二秒ぶんよ」

「いいえ」莉子は落ち着いた声でつぶやいた。「これでいいの」

えっ……。ランファンは呆然としてたたずんだ。

サングラスの男は、やっと観念したらしい。抵抗をしめさなくなった男を引き立たせながら、シャオが告げてきた。「それでいいんだよ。溶解液が一パーセントってことは、中和液は九十九パーセント。百じゃないだろ。二秒で一パーセントずつ増えていくんだから、三分十八秒後さ」

そ、そうか。気づかなかった。ランファンはなおも速まったままの鼓動を覚えながら、深いため息をついた。危うく注ぎ過ぎるところだった。

莉子もほっとしたように微笑んだ。「二秒で変色って、大声でいってくれて助かった。廊下の果てでも耳に届いたし」

ランファンはようやく安堵を感じ、笑みを自覚した。それにしても、莉子の論理的思考の正確さは尋常ではない。あれだけ追いこまれた状況でも冷静に判断できるなんて。

局長のチョウが息を切らしながら駆けこんできた。「シャオ、ランファン。無事か」

「ええ」ランファンはうなずいてみせた。いまさら来たところで、なんの支援にもならない。湿った爆竹もいいところの役に立たなさ加減だった。

謎の男は、警官たちに身柄を拘束された。サングラスとマスクが取り払われる。

正体をまのあたりにしたとたん、ランファンは肝を潰した。

シャオも目を瞠っていった。「まさか。鄒暁軍さん!?」

後退した生え際や顔の輪郭、体形はいまになってみれば同一とわかる。だがその親しみやすく温厚そうな面持ちは、復制組を束ねる総的導体の印象とは相容れなかった。

経済開放政策に乗って貿易商として財を成した名士と、巨大なる偽物製造集団の総元締めは、決して結びつくものではない。

スウは北朝鮮の平壌から骨董品を買い付け、中国国内や海外で高く販売する目利きとしても知られている。北朝鮮は官吏にひろがる慢性的な腐敗、および政府による管理の不始末で、国宝級の文化財の流出をとめられずにいる。スウはそれらを扱う最大手のブローカーだった。

いま口角のさがったスウの陰鬱な表情は、真実を白日のもとに晒された犯罪者がしめす反応以外の、なにものとも思えなかった。垂れさがった目尻にも愛敬は感じられず、ただ性悪で卑屈ないろに満ちている。

チョウ局長が声を震わせながらつぶやいた。「そんな。平和運動家で、日本の骨董コレクターとしても知られるあなたが……」

一級警司もスウに食ってかかった。「復制組による偽物が流通して、損害を受けてるとおっしゃってたじゃないですか」

だが、莉子はひとり平然とした顔でいった。「本物とおぼしき色絵獅子草花文沈香壺がありました。次に作らせる偽物の手本として、提供したんですね」

ランファンの背筋に冷たいものが走った。スウ・シァオジュンの自作自演だったのか。たしかに彼なら、復制組を取りまとめるだけの資金も知恵も持ちあわせている。

スウは顔をあげて、不敵なまなざしで莉子を睨みつけた。「おやおや。〝万能鑑定士

Q〟の凜田莉子か。道理で。ＢＩＣＣや人民武装警察に、ここまでの働きは期待できんしな」

シャオがむっとしてスゥに詰め寄った。「总的导体に会ったら、真っ先にききたいと思ってた。数万人もの复制组のメンバー、ひとり残らず名を挙げ連ねてもらおうか。リストの作成には何日でもつきあってやるからな。もっとも、これらのＵＳＢメモリに記録されてるんなら話は早いが」

するとスゥは片方の眉を吊りあげて、桶の液体に沈んだＵＳＢメモリの山を見やった。

「なあ若造」スゥはシャオを見かえした。「理想主義はほどほどにしておけ。中国から偽物づくりは駆逐できん。浙江省、広東省、江蘇省、福建省の四大製造地帯は日夜世界のブランド品をコピーしつづけている。できあがった商品は上海、香港、昆明、瀋陽の各都市から世界にばら撒かれる。日本がらみの偽物だけでも東南アジアと中東、東ヨーロッパで二千億元の市場になる。ありとあらゆるところに偽物が入りこんでいるんだ。わが国の急激な経済発展は偽物製造とともにあった。いまさら切り離せん」

しんと静まりかえった小部屋で、スゥは莉子に目を移した。「日本とは違うんだよ。

この国では、地方の下級裁判所が企業と密接な関係を持ってたりする。偽物づくりを咎（とが）められても、実効性のない判決をだして事実上見逃してくれる。すべては賄賂（わいろ）の金額しだいだ。行政や司法との癒着は、文化みたいなものだからな」

一級警司が怒鳴った。「口を慎んでください。スウさん、言いぶんがあるなら署でききます」

ランファンは苦い気持ちに浸った。复制组（フーヂーズー）の悪辣（あくらつ）なやり方には腹が立つが、スウの主張は否定しきれない。中国ではいまだ〝袖（そで）の下〟が横行している。BICCの調査活動も、幾度となく地方の腐敗により阻まれてきた。

シャオはスウに対し、怒りをあらわにした。「スウ。幹部クラスの名前だけでもここで吐いちまえ。复制组（フーヂーズー）の主要メンバー、おまえのほかに誰がいるんだ」

スウはふいに声をあげて笑いだした。

「誰がメンバーかって？　いま話したばかりじゃないか。偽物はあらゆるところに入りこむってな」スウの目があやしく光り、警官のひとりを見やった。「同感だろ？」

その瞬間、ランファンは信じがたい光景を目撃した。

二級警員のバッジをつけた制服が数人、いきなり一級警司を突き飛ばした。彼らはスウの身柄を奪うと同時に、奥の壁に体当たりを試みた。

浴室の壁はＦＲＰ製の薄い板でしかなかった。しかも外壁のトタン板は外されていたらしい。たったいちどの衝突で裂け目ができた。外の風が吹きこんでくる。数人の警官たちは裂け目を押し広げ、スウをそこから逃がした。謀反を起こした警官らはみずからも脱出し、スウにつづいて闇のなかへ逃走を謀った。

ランファンは言葉を失っていた。警察のなかにも複制組が……。

一級警司が身体を起こし、大声で部下に命じた。「捕らえろ！」

残された警官たちも動揺を隠しきれないようすだった。それでも続々と外へ飛びだしていく。ランファンもシャオとともに裂け目のなかに身をねじこませ、夜空のもとへと繰りだした。

倉庫の裏側にあたるせいか、待機中の警官はいない。スウとその仲間たちは近隣の雑木林をめざし、一目散に駆けていく。あそこまで達したら万事休すだ。ランファンは唇を噛んだ。

ところがそのとき、スウの行く手にひとりたたずむ姿があることに、ランファンは気づいた。警官の制服ではない。カジュアルないでたちの、痩せた男だった。ひるんだスウに低く飛びつき、地面にひきずり倒す。

すると莉子が驚いたようすでいった。「悠斗さん!?」

ランファンははっとして目を凝らした。たしかにあれは、小笠原（おがさわら）悠斗だ。莉子の連れの雑誌記者。

スゥの仲間たちは、ボスを助け起こすべく小笠原に群がった。だがそのいざこざは、わずか数秒しかつづかなかった。追っ手の警官隊が到達し加勢したからだった。つかみあいの混乱がしばし生じたものの、多勢に無勢、すぐに鎮圧に至った。スゥと仲間の警官たちは身柄を拘束された。

辺りに秩序が戻り始めている。だが、なおも地面に横たわったままの男がいた。最初にタックルをかましてから、反撃に打ちのめされてそのままという状態らしい。小笠原はその場に突っ伏していた。

莉子が悲痛な叫びをあげて駆け寄った。日本語で呼びかける。「悠斗さん！　だいじょうぶなの？」

ランファンも日本語が少しは理解できた。シャオとともに研修で教わったからだ。小笠原のもとに急ぎながら、ランファンはきいた。「怪我はない？」

いかにも喧嘩（けんか）慣れしてなさそうな青年が、ゆっくりと上半身を起こす。長身でスリム、ほのかに褐色に染めた髪は今風に長く伸ばしている。細面で鼻が高く、顎（あご）も女性のように小さい。男性ファッションモデル風の端整なルックスながら、いかにも内気でおとなしそうな性格が垣間見える。

　小笠原悠斗はぼんやりとした顔で、首を横に振った。「平気だよ。……うつ伏せてたら、次から次へとおまわりさんが上にのしかかってきて、勝手に喧嘩を始めたんで。僕は頭を抱えてじっとしてた」

　莉子が小笠原の近くまで達し、ほっとしたようにため息をついて歩を緩めた。ランファンもシャオとともに、その場へと到着した。

　シャオが小笠原に手を差し伸べた。訛りの強い日本語で告げる。「無茶するなよ。人民武装警察は準軍事組織だぞ。鍛え方が違うんだ」

　ランファンも、小笠原に負傷がないのを確認して安堵を覚えた。「でもいいところにいたのね」

　小笠原はいっそうとぼけた顔になった。「連絡を受けて来てみたけど、倉庫の正面にはおまわりさんが大勢いて、近づくなといわれたので……。写真を撮るには煙突がある側のほうが画的によかった。だからこっちへ」

　莉子が微笑を浮かべつつ、どこか照れたようなまなざしでつぶやいた。「でもかっこよかった」

　ランファンはシャオと顔を見合わせた。互いに苦笑するしかない、そんな心境だった。まったく、この日本人ふたりの関係ときたら……。

ふいに絶叫が耳をつんざいた。びくっとして振りかえると、スゥが大勢の警官たちに囲まれ連行されるところだった。

奇声を発し怪気炎をあげているのは、ほかならぬスゥだった。額に青筋を浮きあがらせ、スゥは怒鳴り散らした。「偽物の駆逐は不可能だ！　复制组（フーダーズー）は不滅だ、決して失われん」

莉子と小笠原が、神妙な顔でスゥを眺める。ランファンもシャオとともに、ようやくあきらかになった总的导体（ソンダーダオティ）の背を見送った。

复制组（フーダーズー）のボスが逮捕された。BICC調査員として悲願が果たされた、待ちに待った瞬間に違いない。けれども、ランファンの心にはまだ霞（かすみ）がかかったままだった。

これですべてが終わったのか。なんらかの予兆に過ぎないと思える、妙な胸騒ぎはどこからくるのだろう。

帰国

北京首都国際空港、壮観と呼ぶにふさわしいターミナル3のロビーで、凜田莉子は小笠原悠斗とともに帰国の途に就こうとしていた。

単独のターミナルとしては世界最大級の規模を誇る空間に身を置くと、人の小ささを実感する。莉子はLEDの煌めく高い天井を見あげた。無数にそびえる白い柱は塔か煙突のようだった。全面ガラス張りの側面から、陽射しが巧みに採光されている。北京市順義区のなかにぽつんと存在する朝陽区の飛び地は、きょうも澄みきった青空に恵まれていた。

なおも頭上を眺めていると、ランファンの声が耳に届いた。「まだここの広さがめずらしい?」

莉子は見送りのふたりに目を戻した。ランファンとシャオが微笑とともに見つめてくる。

笑いかえしながら莉子はいった。「いえ。初めてここに来た日を思いだして……。ついきのうのことみたいに感じられるの。長いようで短い三か月間だったなぁって」

ランファンは小笠原に目を移し、日本語できいた。「悠斗はどう？　実りある滞在だった？」

「それはもう」小笠原は顔を輝かせていた。「長期取材としちゃ大成功。ほんと、お世話になりっぱなしだったよ」

シャオが肩をすくめ、たどたどしい日本語を駆使して告げる。「次までに柔道習っとけよ。あんな奴、投げ飛ばしちまいな」

小笠原は笑った。「考えとく。いろいろありがとう」

莉子も礼を口にしたかったが、さまざまな思いが溢(あふ)れ、いつしか涙ぐんだ。北京語でランファンとシャオに告げる。「ふたりのこと、永遠に忘れないから……。ずっと友達でいようね」

ランファンも目を潤ませてうなずいた。「莉子がきてくれたから、ここまで頑張れたんだよ。総的導体(ソンダーダオティ)のスウも捕まえたし、いよいよ調査も大きく進展するよ」

その言葉に、莉子はふと心のなかに生じた濁りを意識した。

わたしほどの充実感を、おそらくこのＢＩＣＣ調査官のふたりは得られていない。

总的导体（ソンダーダオティ）の素性があきらかになっても、复制组（フーヂーズー）のメンバーはいまだひとりの名すら浮かびあがっていなかった。例のキャッシュカード詐欺の男は、ただ雇われただけの無職にすぎず、正規のメンバーでないとあきらかになった。寝返った警官たちも金を握らされていたにすぎない。処分されかけていたUSBメモリに記録されていた情報は、製造品の出荷リストに限られる。

多岐にわたるコピー商品や贋作（がんさく）を、いったい広い中国のどこで作りだしているのだろう。复制组（フーヂーズー）に参加している職人や工員、技術者は、どんな人々なのか。なぜ手がかりの片鱗（へんりん）すらつかめないのか。

ランファンのいうように、いまはまだ始まりに過ぎないのだろう。三か月という期間はあらかじめ判っていたにもかかわらず、すべてを解決するには至らなかった。

莉子はつぶやいた。「ごめん……」

「なにを謝るの」ランファンがぽんと肩を叩（たた）いてきた。「ずっと進展がなかったところに、莉子が風穴を開けてくれたのよ。あとはわたしたちが頑張るだけ。まかせて。きっと复制组（フーヂーズー）の全貌（ぜんぼう）を暴いて、偽物の輸出を阻止してみせるから」

シャオも明るくいった。「最後にひとつ、きいておきたいことがあってね。このあいだ、倉庫でもいいかけたけど……」

思わず笑みがこぼれる。莉子はシャオを見かえした。「オハギとボタモチ？　見分けるのは無理」

「ほんとに？　莉子にも鑑定できないのか」

「違いがないんだってば。ボタモチは漢字で〝牡丹餅〟って書くから、牡丹の咲く春のお彼岸の名物。オハギは〝御萩〟で、萩の咲く秋のお彼岸。春にはボタモチ、秋はオハギって呼ぶの。夏と冬には夜船か北窓」

「なんだ、同じ物だったのか！　道理で差を感じなかったわけだ」

ランファンもうなずいた。「莉子が鑑定できないなんて、そんなことあるわけないもんね」

四人は笑いあった。シャオのおかげで、深刻さに塞ぎかけていた情動が解放された、そういう心境だった。

やがてランファンが、感慨深げに手を差し伸べてきた。「また会おうね、莉子」

「ええ」莉子はその手を握った。「絶対。約束するから」

莉子と悠斗はJAL22便羽田行に搭乗した。窓際の席におさまった莉子は離陸後、眼下にひろがる雲海を眺めながら、ふと初めて上京した日のことを思い起こした。飛行機に乗るのがとてつもなく恐ろしくて、ひどく動揺して周りに迷惑をかけたっけ。

それ以前、波照間小中学校から石垣島の八重山高校に進学した莉子は、常に学年最下位の成績に甘んじてきた。勉学はひどく苦手だった。試験の得点がひと桁だったことも珍しくない。

“This picture is beautiful” の beautiful を強調した文に直しなさい、という問題に対し、同じ英文を書き写したうえで、ただ beautiful だけを大きく記したことがあった。それしか解答が思いつかなかったからだ。暗記が不得手で、うろ覚えも多かった。アスタナを首都とする中央アジアの国を、カフスボタンと答えた。正解はカザフスタンだった。

美を見つめられるすなおさは貴重なんだが。そう担任の教師がこぼしたことがある。たしかに美術と音楽鑑賞は好きだった。授業の時間が終了しても、ずっと心を奪われつづけるほどのめりこんでいた。いまにして思えば、当時から鑑定という仕事の下地はあった。けれども、知識がどうしようもなく不足していた以上、感性を役立てるすべはなかった。

北京での滞在中、リン・ランファンは莉子を論理的思考の持ち主だと、さかんに褒め称えた。過大評価もいいところだと莉子は思った。うまく学び思考する方法のすべては、もはや会うことも難しい、ある人物によってもたらされた。わたしの才能を生かしながら知識をインプットしアウトプットする、最良の手段を指南してくれた。感謝してもしきれない。

まずは参考書の読み方から教わった。物語を読むのではなく、勉強のため読解する場合は、とにかく早く読まねばならない。そう告げられた。じっくり腰を据えて読もうなどとは考えず、たとえ目が滑りがちだったとしても、止まらず先へ先へと進む。わからない言葉や表現があっても調べたりせず、流していく。しかし、四ページを消化したら、五分以内に最初に戻り、ふたたび同じところを読みなおす。

こうすると、いったん把握できた全体の構成や、おおざっぱな流れを踏まえたうえでの再読になるため、理解が深まる。

勉強における読書は文中、どこが理解しやすくて身につきやすいか、反面どこが難しく苦手で判りにくいかは、人によってまちまちだ。だから、とりあえず二度の流し読みをおこなえば、自分にとって興味を持てそうなところ、覚えやすいところは意識せずとも吸収される。やがて、それら部分的な理解から前後へと視野が広がっていく。

これは〝短期記憶に情報が入るまでのフィルターモデル〟を利用した勉強法だと、莉子は指導された。視覚から入った情報は、一定の限られた量のみ分析され、そこから脳が必要とする事柄のみ自然に受容される。それ以外は拒絶されるから無視していい。すなわち、拾うべき箇所だけを脳が無意識のうちに拾うから、判らないところを努めて理解しようと能動的にならなくても、流し読みしているだけで賢くなっていく……。そんな理論だった。

いわば〝鑑賞型〟の性格の持ち主だった莉子に、この考え方は絶大な効果があった。フィルターモデルは誰でも機能する。たとえば嵐というアーティストグループのファンなら、新聞を漠然と眺めていて、まったく無関係な気象の記事に〝嵐〟の文字を瞬時に見つけだせる。より熱心なファンになると〝風〟や〝蛍〟といった、似ているだけの字にすら無意識のうちに注意を喚起される。あれと同じことが知識面においても起こりうる。ふだんから知りたかったこと、学びたいと欲求していたものに触れると、脳が自発的に集中する。

こうした理論に対し、猜疑心にとらわれていては読書も捗らないだろうが、莉子は天然と呼ばれるほどの率直さを誇っていた。指導内容をそのまま受けいれた。結果、莉子の読書量は日に日に増大していった。

五分後に読みかえす理由は、脳は記憶の直後から急速に忘れていくものだから、そう説明された。実際、文章の感触が残っているうちに再読すれば、それだけ読みやすく理解力もあがる。

また、参考書の内容を把握するためにはノートは必要ない、ともいわれた。ノートではなく参考書に書きこむ、それもすでに覚えた箇所はホワイト修正液で消してしまい、そこにまだ頭に入っていないことを記入するよう勧められた。

結局、足りなかったのは学識より要領だと思い知らされた。莉子にとって新規となる記憶はどんどん蓄積されていった。バイト先のディスカウントショップの商品カタログも、丸ごと頭にいれてしまった。

考えてみればふしぎなものだった。人は変われると実感した。

変わるといえば……。この隣りにいる雑誌記者さんとの距離も、ずいぶん縮まった気がする。誰よりも信頼できる友達なのは間違いない。

それ以上の関係になりうるかどうかは、わからないけど……。

悠斗が莉子に目を向けてきた。「ん？　どうかした？」

「なんでもない」莉子はあわてて顔をそむけた。

「あのさ」

「なに？」

「中国の人って、ひらがなもカタカナも使わないだろ？　漢字忘れちゃったときどうするのかな」

思わずもやっとする。莉子は身体ごと窓に向き直った。「知らない」

「あれ？」悠斗がぼんやりといった。「……もしかして、むっとしてる？　どうして？」

もう……。三か月も一緒にいたのに鈍感極まりない。

ふたたび窓の外を見やりながら、すねていると自覚する。期せずして苦笑が漏れた。鑑定というのは占いの意味もある。専門外だが、もし人を鑑定できるようになったら、真っ先に自分の気持ちが知りたい。

わたしは本当に、彼に心を許せるのだろうか。いまのところはまだ自信がない。

見当はずれ

シャオは心のなかでぼやいた。また深夜、本来ならひとけのない郊外。おびただしい数の警官たちと闇のなかに待機し、防具をつけて突入のときを待っている。

总的导体（ソンダーダオティ）のスゥを逮捕したことで、積年の恨みを晴らしたかに思えたが、ほんの数日でまた新たな仕事に駆りだされた。スゥが警察の取り調べに対し、复制组（フーヂーズー）のメンバーらが偽物製造に明け暮れる、秘密工場の所在を自白したからだった。

門頭溝区、永定河沿いに広がる平野に、ぽつんと体育館に似た建物が建つ。区の計画では賃貸可能な多目的ホールとのことだが、近年は〝北京义工団（ペイチンイコントワン）〟なる団体が借りっぱなしだという。义工団（イコントワン）はボランティアグループを意味するが、警察によれば、どんな組織なのかは判然としないらしい。

シャオは遠目に建物を眺めてつぶやいた。「このあいだスゥの潜んでた場所は、体育館然とした倉庫だった。今度のは、どう見ても体育館そのものじゃないか」

ランファンが防具を装備しながらいった。「多目的ホールだからね。運動にも使えるんでしょ」

「明かりは点いてるな。窓も塞がれてない。近くまで行けばなかが覗けそうだ」

人民武装警察の一級警司が、咳ばらいをして告げてきた。「準備できしだい潜入してくれ」

はぁ。思わずため息が漏れる。一級警司が遠ざかったのを見計らって、シャオはランファンに耳打ちした。「警察より先に僕たちが動く習慣、どうにかして改善できないのかな」

「これで給料もらってんだから文句いわない」ランファンは肩パッドの装着を終えて、シャオに向き直った。「わたしのほうはオーケー」

「僕もだ。じゃ、行くか」

ランファンがうなずくのを見て、シャオは建物に向け駆けだした。すかさずランファンが並走する。

建物めざして走りながらシャオは、妙な気配を感じた。今度のアジトからは物音がする。周囲に対する警戒心が、ずいぶん希薄に思える。

シャオは小声でいった。「おかしいと思わないか。スウのやつ、あんなに凄んでいたくせに、あっさりと工場の在(あ)り処(か)を白状しやがった」

「ひょっとして罠(わな)ってこと？」

「もしそうだったらやばいぜ」シャオは建物の眼前まで迫ると、歩を緩めた。足音をしのばせながら、白色灯の光をこぼす窓に近づく。

危険は承知でも、なかを確かめずにはいられない。国の威信を貶(おとし)め世界経済を混乱に導く、复制組(フーヂーズー)の偽物大量製造。メンバーを一網打尽にできる可能性がわずかでもあるなら、避けては通れない。それがＢＩＣＣ調査員としての使命だった。

いつものように窓の左右にランファンと分かれて身を潜める。それから、慎重に窓のなかを覗きにかかる。

「……はぁ？」ランファンが声をあげた。

シャオも面食らわざるをえなかった。脱力感とともにつぶやきが漏れる。「なんだこりゃ」

チョウ局長は、夜の闇のなかで人民武装警察の一群と、息を潜め待機していた。

遅いな。じれったく思い腕時計に目をやる。シャオとランファンが突入してから、すでに三十分近くが経過していた。いまだなんの連絡もない。建物の周囲にも目立った動きは見当たらなかった。

一級警司が苦い表情できいてきた。「まだですか」

「もう少しお待ちを」チョウはそう答えるしかなかった。

露骨に苛立ちをあらわにする警官たちに、チョウは不快感を抱いた。毎度のことながら、この連中の態度は癪に障る。そんなに現場のようすが知りたければ先に行けばいいだろう。

するとそのとき、チョウの手にしたトランシーバーに、雑音にまみれた受信があった。「こちらシャオ」

はっとしてチョウは応じた。「何があった。無事か」

心配をよそに、シャオの声は妙に間延びしていた。「ええ、特に問題はありません」

「違法行為は？　確認できたか」

「まあできたといえばできたんで……。警察に来てもらってもいいんですけどね。期待してたものとは違いますけど」

おかしなことをいう。チョウは不可解な思いとともに一級警司を見た。一級警司も眉をひそめて見かえした。

だが、調査員からの報告が入った以上、警察が動ける段階に違いなかった。一級警司が駆けだしながら怒鳴った。「一列で進め！」

警官隊がいっせいに走りだす。チョウも彼らと行動を共にすることにした。スタミナが有り余っているようすの警官たちのなかで、ひとり息を切らしながら多目的ホールに近づく。

側面に玄関口があった。扉は大きく開け放たれている。

これだけの味方がいるからには、躊躇する必要はなかった。なかへ踏みこんでいく。

とたんにチョウは、警官たちとともに立ちすくんだ。

思わず呆気にとられる。目の前にひろがったのはスポーツジムの光景だった。百人以上いるのは間違いない。だが、誰もがトレーニングウェアを着て運動に取り組んでいる最中だった。高齢者が大半を占めるいっぽう、なかには若者や子供も混じっている。ランニングコースに鉄棒、床運動のマット、平均台、跳び箱、卓球台。バスケットボールやバドミントンのコートもあった。

ものものしい警官隊の突入に気づいたらしく、誰もが動きをとめた。トレーニングウェアが唖然とした表情でこちらを見やる。

チョウはひたすら面食らっていた。これはいったいどういう……。

ランファンの呼ぶ声が耳に届いた。「局長。こっちですよ」

辺りを見まわすと、シャオとランファンが目にとまった。車椅子の初老と向かい合っている。その車椅子の男性は痩せ細っていたが、やはりトレーニングウェアを身につけていた。頬のこけた顔にはどこか見覚えがあった。

記憶はたちまち想起された。チョウは驚きの声をあげた。「譚易選手じゃないですか！　バルセロナ・オリンピック走り幅跳び銀メダリストの……」

会ったことはないが、テレビや新聞を通じてその顔は知っている。すっかり白髪頭になり、皺も増えたが、タンその人に間違いなかった。

シャオが近くにいた別の中年男性を紹介した。「こちらは邱小勇さんですよ。バドミントンの世界大会でコーチをしてくれた恩人です。ひさしぶりの再会でして」

タンやチュが戸惑いがちに会釈する。困惑はこちらも同じだった。チョウはおじぎをかえした。

一級警司がたずねた。「シャオ調査員。違法行為はどこだ」

「見てわかるでしょう。ほら」シャオが辺りを指ししめした。

ああ……。チョウは納得した。たしかに法に反する施設ではある。ここは、もぐりのスポーツクラブか。

中国はオリンピック選手の育成に力を注いでいる。幼少期から素質を見いだされた子供たちは、専用の施設に集められ特訓を受ける。すべての費用は税金でまかなわれる。食いっぱぐれがない代わりに、その道ひと筋の人生を送る。本人には半ば選択の余地はない。

だがメダル獲得者の数万倍にのぼる脱落者は、容赦なく放りだされてしまう。それまで特定の競技にのみ明け暮れていたため、進学や就職も思いどおりにならない。

メダリストになっても、その後の人生が安泰なわけではなかった。生活のためにメダルを売ろうとする元選手が後を絶たない。運よくコーチの座に就ければいいが、それでも生涯雇用が約束されているわけではなかった。

結局、運動しか取り柄のない人間は特技がふたたび役立つことを夢見て、身体を鍛えつづけるしかない。しかし、国の保障はもはや受けられない。民間の施設は高くて手がでない。そんな元スポーツ選手たちが中心となって、非公認のスポーツジムを開設している。

通常は自治体の認可が必要な施設だが、参加者が金をだしあって広い場所を借りきり、夜中にこっそりと集まって運営している。儲けをだすことが目的ではない、あくまで自分たちのためにこしらえた手づくりの空間。見れば、鞍馬や吊り輪など器械体操用の道具もぼろぼろだった。ゴミも同然のしろものを拾ってきて修理したのだろう。

こういうもぐりのスポーツクラブは、全国にいくつもある。チョウはつぶやいた。

「借り主の、北京文工団(ペイチンイコントワン)って団体は……」

ランファンがため息まじりにいった。「まさしく、ここにいるみなさんですよ。ジムの開設は契約違反でしょうけど、おまわりさん。法の執行をします？」

一級警司は顔をしかめた。体裁悪そうにたたずむ警官隊を振りかえりながら、苦々しくつぶやく。「スウが、ここを偽物工場と自白した以上、いちおう取り調べねばならん。偽装の可能性もある」

シャオが呆(あき)れぎみにいった。「いま話をきいてましたけど、みんな取り調べには応じるっていってます。ロッカールームも荷物も見てかまわないって。ただ、大半の人が就職できなくて困ってるみたいでして。同じ元スポーツ選手として身につまされます。僕らみたいに仕事にありつければいいんですけど」

ランファンはチョウを見つめてきた。「局長がみんな雇ってくれれば話が早いかも」

「ば、馬鹿いうな」チョウはあわてて吐き捨てた。「こんなに大勢抱えたんじゃ、うちは破産だよ。おまえらだけでも精いっぱいだ」

苦笑がひろがるなか、一級警司は依然として固く唇を結んでいた。不本意そうにぶつぶつとつぶやく。「スウはどういうつもりで、こんな悪戯(いたずら)を……」

ふいに警官のひとりが駆けこんできた。「緊急事態です！　北京市第一看守所の尋問室から、スウが脱走しました」

衝撃波のような驚愕(きょうがく)が周囲にひろがった。チョウも息を呑(の)んだ。あの小太りの男が、留置場から逃げおおせただと……。

一級警司が憤りをあらわにした。「なんだと。所内でも常に四人が見張りにつく規則だぞ。どうやって抜けだせたというんだ」

「それが……」警官は青ざめていた。「担当の四名はともに、复制组(フーヂーズー)に寝返っていたらしくて、スウとともに行方をくらましました」

やられた、チョウは思わず額に手をやった。

いったん脱走してしまえば、市街地をパトロールしているのは非武装の人民警察にすぎない。準軍事組織の人民武装警察とは別組織にあたり、両者の連携もうまくいっているとは言いがたかった。

十三億もの民が住む国、警察においても人海戦術が可能に思われがちだが、そうでもない。予算の締めつけから、ひとつの事件を担当する班の人数は最小限とされている。しかも今夜は、大半がこの現場に出向いていた。スウ追跡の陣頭指揮どころか、その重要性を上に訴えられる人間すら、留置場の周辺には居残っていない。

一級警司は大声で告げた。「クルマへ戻れ。情報が確認できしだい、北京市第一看守所へ出発する。急げ！」

警官たちは当惑のいろをしめしながらも、一級警司につづいて外へ駆けだした。トレーニングウェアを着た人々が、ぽかんとした表情のままたたずむ。たちまち静寂がひろがった。

シャオがバスケットボールをドリブルしながら近づいてきた。「あいかわらず初心者のバスケですね。ボールがあるところへ全員が集まっちまう癖が抜けきらない。スウはそれを読んでたんでしょう」

「ああ」チョウは肩を落とさざるをえなかった。「陽動だな。まんまとやられた」

スウは一見いかにも怪しそうに思える団体に目をつけ、復制組（フーヂーズー）の工場だと主張することで、人民武装警察を遠ざけた。夜のうちに捕まらなかったら絶望的だろう。この広い国土を舞台に鬼ごっこを演じても、司法の側に勝算はほとんどない。

ランファンがため息とともにうつむいた。「また振りだしかぁ……」

失意だけが重くのしかかる。チョウは怒りを覚えた。BICCがいかに命がけで調査にあたろうと、警察が後手にまわるこの制度内では効果を挙げられない。スウの脱走が可能になったのは、この国の抱える矛盾のせいだ。

依頼

澄みきった青空の下でも、見渡す限りゴミばかりという環境にたたずんでいたのでは、憂鬱な気分に浸らざるをえない。

東京都二十三区の最終埋立地、中央防波堤の外側にひろがる区画に、莉子は小笠原とともに呼びだされていた。

目の前では、ダンプカーが唸りながら荷台を傾けている。どさどさと雪崩のように積荷が斜面を滑り落ち、地上に山を築きあげた。

それらはいずれも真新しい家電や雑貨類だった。箱やパッケージが未開封の新品ばかりだ。ところどころにブランド物のバッグやアクセサリー、衣類も混ざっている。油絵をおさめた額縁もあった。

ダンプカーが走って遠ざかると、立ち会う三人の男たちのうち、最も馴染み深い人物が歩み寄ってきた。

年齢は三十代後半、痩せた身体つき、髪も長めにしている。やや面長の馬面だが、私服警官のなかではハンサムの部類に入るかもしれない。とはいえ目には覇気がなく、無精ひげが生えていてネクタイも歪んでいた。

牛込署の知能犯捜査係、葉山翔太警部補がいった。「いっぺんにたくさんお目にかけて、申しわけありませんな。でもやがて埋め立てられちまうので」

莉子は商品の山に近づいた。透明フィルムのパッケージにおさまったままの電卓を拾いあげる。カシオとメーカー名が表記してあった。

数字キーの四隅、1、3、7、9と、AC。五つのキーにそれぞれ指を這わせ、同時に押しこんでみる。液晶表示は無反応だった。

葉山がきいた。「なんです？」

「本物ならこれらのキーを押すと、7セグメントディスプレイに〝CASIO〟の文字が表示されるんです」

小笠原は感心したようにつぶやいた。「へえ。初めて知った」

莉子は電卓を山に戻した。「ほかのメーカーの基板を使ってる。偽物ってことね。このロレックスは……」

腕時計をケースごと取りあげた。このスイス系ブランドは、すべてのパーツが自社の純正製品だ。たとえ故障してしまおうと、なかにある純正パーツの希少価値が高いため、高値で買い取られる。しかし……。

耳に時計を近づけて、しばし傾聴する。莉子は首を横に振ってみせた。「秒針の音がまるで違います。これも外側は非常に質の高い複製ですけど、内部機構に安物を使ってますね。中国でよく用いられる手法です」
すると、別のひとりがうなずいた。「いかにも。これらはすべて中国からの輸入品です」

スマートで長身、品よくスーツを着こなした四十代男性。警視庁捜査二課の宇賀神（うがじん）博樹（ひろき）警部は、ゆっくりと歩み寄りながら告げてきた。「中国の偽物商品により、最も迷惑をこうむっているのは、ほかならぬ日本です。二番めにダメージを受けているのはブラジル」

小笠原が宇賀神を見つめた。「ブラジル？　意外ですね。あまり中国とつながりなさそうなのに」

「五年ほど前から、なぜか急激に中国製の偽物が大量に流入したそうです。しかし、日本ほどじゃありませんよ。なにしろわが国の被害額は年間二兆円にのぼります」

宇賀神は乾電池のパッケージを取りあげて、小笠原に差しだした。莉子は、小笠原が手にしたそのアイテムを眺めた。一瞥しただけならSONYのロゴに見える。苦笑とともに小笠原がいった。「SQNYですね。OとQが紛らわしい字体を用いて、わざと間違えるようにしてある。これは、北京の小売店でよく見かけました。パイオニアに似せたPIQNEERってのもありましたよ。業者が営業をかけるときには、SQNYやPIQNEERの商標登録証をちらっと見せて、店側を信用させるんだとか」

葉山がふんと鼻を鳴らした。「中国人が相手でもだますのか。詐欺師の根性が染みついてんだな」

莉子は三か月の出張で学びえたことを口にした。「でもこれらの摘発は、かなり難しいんです。中国政府や知財調査会社は、ブランドの意匠までをそっくり同じにデザインした完全コピー品を、假冒と呼んで取り締まりの対象にしています。けれども、社名だけは自社にして形状や仕様を真似る倣冒となると、摘発の優先順位が低くなります。この乾電池のような商品は、まぎらわしくはあってもツォマオに区分されますから、さほど厳しく扱われません。だから、徐々に数が増えつつあります」

最後のひとり、薄い頭髪を風になびかせた褐色のスーツが咳ばらいをした。襟もとには国会議員バッジが光っている。莉子もテレビのニュースで何度となくその顔を目にした。第二次安倍内閣で東アジア貿易担当大臣を務める杉浦周蔵だった。

杉浦は喉もとに手をやり、ネクタイの結び目を整えながらいった。「中国政府は偽物対策を進めていると強調してるが、いっこうに効果があがらんようだ。先進国の知的財産をかすめとることに、まるで罪悪感を抱かない。そこがそもそもの問題だろう」

全面的に同意はできなかった。莉子は杉浦を見つめた。「いえ。わたしも実地で摘発に同行したんですが、偽物製造業者は後ろめたさを感じていますし、一般市民からも煙たがられています。当局も偽物メーカーの炙りだしには熱心です。けれども、モチベーションがわたしたちと違うみたいで……」

「ほう？」杉浦がきいてきた。「彼らのモチベーションとは？」

「中国政府が偽物商品について真っ先に気にするのは、知的財産の侵害ではなくて、国民の健康被害らしいんです。だから食品と薬品こそが最も重視されます。偽ブランドの肉や野菜、米、お酒、お菓子、それに風邪薬やビタミン剤を警戒するんです。農業資材や綿花も、粗悪品なら身体に害をおよぼしがちなので睨まれます。自動車や自転車も怪我につながるので同様です。ようするに、消費者保護こそが偽物取り締まりの理由なわけです」

杉浦は不快そうな面持ちで腕組みした。「わが国のメーカーが受ける金銭的な損害など、知ったことじゃないわけか」

小笠原が杉浦にいった。「そうでもありません。僕も同行取材をしてわかったんですが、知財調査会社は国の威信を守るためにも、日本に対する特許侵害を防ごうと努力してくれています。でも、日本製というのは中国で品質保証につながりますから、どうあってもそう装いたくなるらしくて……。たとえば、ほら。そこに『週刊新潮』の中吊り広告があるでしょう」

ゴミの山に埋もれた一枚の中吊り広告。葉山が引っ張りだしてつぶやいた。「なんでこんなところに広告が……。待てよ。日本語がおかしいな。それにこの大見出し。〝インフルエンザに効く画期的な錠剤販売〟だって……?」

小笠原はうなずいた。「偽広告です。『週刊新潮』の誌名が真ん中に載っているのがその証拠です。日本では中吊り広告の場合、誌名を下方横書きに掲載する決まりです。でないと遠くから見たとき、手前の広告に隠れて何の雑誌か判らなくなるので」

葉山が舌打ちした。「二束三文の薬を高く売るために、嘘の効用を雑誌広告に載せて、店頭に貼りださせる手口か。こんなものが通用すると思われてるとは、日本もなめられたもんだ」

莉子はいった。「それはバレバレの偽劣産品（ウエイリエツアンピン）に分類されますから、危険度は低いほうです。問題は真贋（しんがん）の区別のつきにくいチアマオです」

宇賀神が見つめてきた。「同感です。たとえば家電品。日本の金型は世界最高レベルで、いくら中国が模倣しようとも、千分の一ミリの狂いもない金型の精巧さは真似しきれなかった。けれども最近になって、３Ｄプリンターを活用することで高水準の複製が可能になりつつあるんです。職人の腕も熟達していて、日本で製作にひと月かかる金型が、中国では二週間でできあがる。製造ラインのインフラもいまや世界のトップクラス。偽物の品質は確実に向上しています」

偽商品の山のなかに、気になる物を見つけた。莉子はそれを拾いあげた。Ｐ＆Ｇの化粧品ＳＫⅡ。ボトルもラベルの印刷も本物とうりふたつだった。ホログラムシールも偽物には見えない。

ハンドバッグからルーペ状の検査器具を取りだし、それを通じてホログラムを観察した。

思わずため息が漏れる。莉子はつぶやいた。「このホログラム、ほんとよくできてる。カラーシフトまでは正確に再現されてないけど。角度によって生じる色の変化が不充分。じっくり見てようやく、コピー品とわかるなんて。チアマオのなかでも上位かも」

葉山が近づいてきて、ボトルを受け取った。「中国政府が摘発してるといいながら、偽物がいっこうになくならないばかりか、精度があがるいっぽうとはね。いったいどういうことなんだ」

宇賀神が葉山にいった。「偽物メーカーや工場は確実に減ってる。表向きはな。以前なら、香港あたりに本物と見紛うペーパー会社を設立して、そこからの発注と偽装して中国本土でコピー品を製造するとか、そんな手口がさかんだった。香港と中国は一国二制度だから、業者が摘発を逃れるのに適してたわけだ。だが中国の工商行政管理局が手をまわし、そのやり方を封じた。結果、偽物は市場から締めだされていった。ところがいまでは、潰れた工場から流出した人材が地下で手を組んだのか、復制組なる闇組織が偽物の製造と販売を引き継いでる」

莉子は小笠原を見つめた。小笠原も深刻な面持ちで見かえした。

宇賀神は莉子に告げてきた。「凜田先生。あなたが知財調査会社BICCの要請で北京に渡り、復制組の摘発に協力したことは知ってます。実際、復制組は脅威です。まがりなりにも法人の形をとっていた以前の偽物メーカーと違い、規模も所在も不明、謎の集団となると……。法の執行による抑圧も通用しない。拡大に歯止めをかけられないのです。これら偽商品の山のうち、八割以上は复制组（フーヂーズー）の製造とききます」

小笠原が微笑とともにいった。「でも复制组（フーヂーズー）のリーダーは、すでに逮捕されたんですよ」

だが宇賀神の表情は硬いままだった。「新華社通信によると、昨晩スウ・シァオジュンは留置場を脱走、行方をくらましたそうです」

「えっ!?」莉子は愕然（がくぜん）とした。「ほ、ほんとですか」

宇賀神がうなずいた。「人民武装警察にも確認しました。内部に手引きした者たちがいたらしくて、そいつらも逃亡中だとか。警視庁として詳しい情報を求めてるんですが、人民武装警察と人民警察のあいだで責任のなすり合いをする始末で、どうにも要領をえません」

落胆が全身を支配していく。自分のことより、ランファンとシャオが気がかりだった。空港でのふたりの笑顔がちらつく。あんなに喜んでいたのに……。

小笠原が気遣うようにきいてきた。「だいじょうぶ？」

「平気……。でも、ひどい話」莉子は失望感とともにささやいた。「みんなで頑張ったのに」

国会議員は、個人の労力にねぎらいをしめす気はないようだった。杉浦が高飛車にいった。「復制組（フーデーズー）なお健在ときいて、わが国政府として憂慮すべき課題は、グローグンファクターＺだよ。当然知っとると思うが」

いまだ衝撃の覚めやらないなか、莉子はぼんやりと応じた。「次世代ガソリンとか」

「そうだ。従来の無鉛ガソリンの三十分の一の燃費、二酸化炭素の排出もゼロに近く、不完全燃焼でも一酸化炭素を排出しない。バイオガソリンのエチルターシャリーブチルエーテルのような毒性も生じない。まさしく夢の燃料だよ。出光ラボラトリー株式会社による開発以来、グローグンファクターＺは日本経済活性化の起爆剤として期待されとる。ただし、メーカーが研究所と工場を北京と上海に移していてな。復制組（フーデーズー）に狙われないかと気が気でない」

　小笠原は杉浦を見つめた。「容器を似せた偽物がでまわったところで、使えば歴然とした差がでるから、すぐに区別がつくでしょう」

　宇賀神が真顔でいった。「そうでもないんです。最近の復制組（フーデーズー）は、医薬品や洗剤、酒などの成分を分析し、中身も本物に限りなく近い製品を作りだしています。ＡＰＩＮＡＣＡという薬品をどこからか調達し、脱法ハーブの合成カンナビノイドを製造し売りさばいたりもしています。それだけの設備や技術者を揃えられるだけの資金力を有してるんです。当然、さまざまな偽物を売ることで得た収益でしょう。グローグンファクターＺはまだ市販されてませんが、サンプルが复制组（フーヂーズー）の手に渡って本物より早くコピー品がでまわったりしたら、日本としては大打撃です」

莉子は宇賀神にきいた。「わたしはどうすれば……？」

「北京での三か月にわたる調査への協力で、私たちの知らないこともいろいろご存じでしょう。捜査二課が复制组（フーヂーズー）の偽物を識別するための、指標づくりにご協力いただけませんか」

「もちろん。そういうことでしたら」莉子は胸にひっかかるものを覚えた。「ただ……。真贋の見分け方だけでいいんでしょうか」

「というと？」

「总的导体（ソンダーダオティ）が逃亡したいま、中国に捜査員を派遣するべきじゃないかって思うんですけど」

杉浦が口をはさんできた。「難しいな。日中間での協力となると、政治レベルでの折衝が必要になる。このところ対中国情勢が厳しいことは、報道でも知っとるだろ。尖閣（せんかく）諸島のみならず、問題は山積みでな。章楼寺（しょうろうじ）の弥勒菩薩（みろくぼさつ）像はわが国で作られたのに、中国側は自分たちの国がこしらえた物だから返却しろとか、無茶ばかりいってくる」

「あー」莉子はささやいた。「それも新聞で読みました」

「きみらのように、民間レベルで知財調査会社と手を取りあえるほど、国と国との摩擦は解決が容易ではないんだ。わかってくれるかな」

莉子はうなずかざるをえなかった。「はい……」

「わが国でできることは、海を越えて押し寄せる复制组（フーヂーズー）の偽物を、ひとつずつ潰していくことだけなんだよ。よろしく頼む」杉浦はそれだけいうと、宇賀神に向き直って告げた。「では、あとは警察にまかせたぞ。私は総理に報告せねばならん」

宇賀神が深々とおじぎをした。葉山も頭をさげた。

杉浦は、遠方に見える黒塗りのセダンのもとに歩きだした。車体の近くにたたずむＳＰが反応し、こちらに目を向ける。いつでも後部ドアを開けられるよう、待機の姿勢をとりだした。

小笠原は戸惑い顔を宇賀神に向けた。「あのう。この件、記事にしてもいいんでしょうか」

「ぜひ」と宇賀神はいった。「复制组（フーヂーズー）の存在とコピー商品の流通について、大々的に報じてください。国民の注意を喚起できますし、中国側への警告にもなります」

葉山が控えめながら、冷やかすような口調で告げた。「よかったね、記者さん。きようは締めだされなくて」

露骨な皮肉に小笠原はむっとした顔になったが、宇賀神は関心なさそうに立ち去りだした。

「さて」と宇賀神が歩きながらつぶやいた。「私たちも引き揚げましょう」

潮風に運ばれてきた磯の香りが漂う。カモメの鳴き声が響いてきた。ここが海辺であることを、あらためて想起させられる。

何千何万という偽物が積みあがった山を眺めて、莉子の自信は揺らいだ。無限に涌いてくるに等しいコピー商品に、果たして立ち向かえるだろうか。

いや。ひるんではいられない。莉子は決意を固めた。たとえ微力であっても、真贋の見極めは閉塞状態を打破する重要な鍵になる。

一同が黙々と動きだしたそのとき、葉山がふと思いついたように話しかけてきた。

「そうだ、凜田さん。もうひとつお伝えしなきゃいけないことが」

「え？」莉子は葉山を見かえした。

警視庁前

北京にくらべると、東京の空気は澄みきっていた。上層にたなびく雲は、金いろの絹糸のごとく繊細に流れている。あたかも光沢を帯びた繊維を散らした和紙のようだった。

莉子はひとり、桜田通り沿いの歩道を全力で駆けていった。まだ間に合う。総務省の前を通り過ぎ、警視庁庁舎へと差しかかった。

小笠原悠斗とは行動を共にしなかった。あくまで自分の問題だと思ったからだ。逮捕直前、例の男は波照間島で好き勝手に暴れまわり、わたしの家族や集落の人々を愚弄した。絶えず奸智ばかりを働かせ、わずかな金のために欺瞞を演じた。生来の小悪党で改心の余地なし。おかげで一時はおおいに心を傷つけられた。

裁判が始まり、求められることがあれば、迷わず証人として出廷する。そう誓っていた。だが、きょうになって葉山警部補から告げられたのは、予想もしないひとことだった。

V字をなす建物の頂点、桜田門の交差点に面した幅の狭い一角が、警視庁の正面玄関だった。グレーを帯びた鉄骨の梁（はり）と柱は、ガラス張りのエントランスながら容易に人を立ち入らせない威圧感をしめす。警備の制服警官は棒を手にしていた。それでも中国の人民武装警察にくらべれば、かなり控えめな態度に思える。

莉子は歩を緩めた。ガラス戸の奥から、恐ろしくほっそりとした長身の男が姿を現したからだった。

スーツの質はよさそうだったが、厚手の冬物だった。手にロングコートを持っている。五月も後半に差しかかろうというときに、彼のその季節はずれの装いは、起訴後にも余罪の取り調べで勾留（こうりゅう）期間が延び延びになったことを如実に物語っていた。

背格好は一卵性双生児の弟にうりふたつだったが、宝塚歌劇団の男役にすら見えた中性的な印象は薄らいでいた。長い髪をばっさりと切り、代わりに無精ひげを生やしているからだろう。整った面立ちは健在だが、ひどく痩（や）せこけたせいか、鼻柱が不自然に浮きあがっている。弟と顔が似てはいたものの、形状の異なっていた鼻に人工軟骨（プロテーゼ）をいれていたという話は、莉子も伝えきいていた。実際にまのあたりにすると、整形手術を施してまで弟の代役を務めていたこの男の異常さに、戦慄（せんりつ）さえ覚える。

逮捕前は三十歳に満たなく思えた外見は、いまとなっては年齢相応でしかない。三十三歳の弧比類巻修（こひるいまきおさむ）は、疲弊しきった浮かない顔ながらも、まるで退社時刻を迎えた会社員のような軽い足どりで外にでてきた。

制服警官に一礼することなく、修は歩道に踏みだした。そこでうつむきがちな顔があがる。莉子の存在に気づいたらしかった。

目が合った。莉子がじっと見つめると、修はうつろなまなざしになった。焦点をぼやかしたに相違ない。

やがて修は立ちどまり、ぼそりとつぶやいた。「不満か？」

莉子はなにもいわなかった。どう思っているかぐらい察しがつくだろう。

修は無表情にうなずいた。「だろうな。余罪の追及が終わって被疑者から被告人になったとたん、保釈が認められた。裁判はこれからだが、執行猶予がつくことは確実だろうな。罪状は、個人経営の酒工場への不法侵入だけだから」

こみあげる怒りとともに莉子はいった。「あなたにはほかにも罪が山ほど……」

「あったか？」修は余裕を取り戻してきたらしい。かつてのとぼけた表情を浮かべ、莉子を見つめた。「目撃証言というのは、その目撃者の発言を検察官が調書にまとめて、初めて証拠となりうる。どの調書にも、どこかで悪さをしていた男は、弧比類巻修と同一人物だと誰かがいった……。そんなふうに書いてある。なぜ同一人物とわかったか。顔を覚えていたから。いや、僕に限ってそれは通用しないんだよ。そっくりの身内が存在する以上は」

「あのとき島にいたのはあなたひとりでしょう。わたしを脅したのも、島民を混乱に陥れたのもあなただった。現行犯逮捕は不法侵入によるものだったとしても、それまでに起きた出来事は、ぜんぶあなたのしわざよ」

「弟かもしれんだろう。僕と断定はできない」

「百歩譲ってそうだとしても、兄弟のどちらかでしょう！」

「論理的じゃないな……。そう、兄か弟、いずれかのしわざかもしれない。けれども、調書に書かれた目撃情報による断定は覆される。絶対に弧比類巻修だった、顔をはっきりと見た。同じ顔をした人物はふたりいないという前提があってこそ、成立する論拠だ。矛盾が生じた以上、調書は証拠として採用されない。取り調べはイチからやり直しになる」

「なら兄弟ふたりとも拘束して取り調べるべきよ」

「なんの罪で？　僕は不法侵入をしでかしたが、弟のほうを逮捕するのにどんな理由がある？」

「贋作者でしょう」

「証拠は？　過去に弟の手がけたとされる贋作が問題になったこともあったが、それを作っていた場所も時間も、検察は証明できなかったよ。弟には確固たるアリバイがあったからね。期間内はずっと遠い外国にいたんだ」

「それは弟さんじゃなくあなただったでしょう。別の場所で身代わりを演じてたのよ」

「どうやって証明できるんだね？」

「もう！」莉子は腹を立てて詰め寄ろうとした。「お互いにかばい合ってるだけでしょう。そんなごまかしがいつまでも通用すると思ったら大間違いよ」

修に接近しかけたそのとき、誰かの腕が莉子の前に差しだされ、進路を遮った。

はっとして莉子は立ちどまった。

すぐ近くに立つ男の横顔。逮捕前の弧比類巻修そのものだった。いや、より気品があって物腰も優雅で柔らかい。修は彼の真似をしていたにすぎない。彼こそがオリジナルの存在だからだ。

中性的な印象はスリムな体形のせいばかりではない。女性ならミディアムにあたる長髪は、内巻きにカールを施し、もともと小さな頭部をさらにコンパクトに見せている。目鼻立ちは過剰なまでに整っていて、あまりに滑らかな肌艶との兼ね合いで、マネキンのような質感を帯びていた。墨で引いたかのごとき細い眉の下、薄褐色に染まった瞳は豹に似ていた。

弧比類巻黎弥。コピアの異名で知られる凄腕の贋作師。

いかなる骨董品や美術品も、彼の手にかかれば完璧に複製される。ルーヴルの学芸員すら煙に巻かれ、最先端科学を駆使した鑑定ですら本物とでる。よって彼が偽物を作っていると誰もが知りながら、彼自身は決して罪に問われない。コピアによる贋作には法外な高値がつき、ときには本物以上の価格で取引される。

証明できないとはいえ、彼の行いは倫理にも法にも反している。ありていにいえば反社会的行為をなりわいにする人物だけに、たちの悪い方策を実行に移したりもする。たとえば、兄も彼の作品のひとつに違いない。修はすなわち、黎弥の贋作だった。立ち振る舞いも話し方も、黎弥が綿密に指導し覚えこませたのだろう。いまでは見る影もないが。

黎弥は、莉子に視線を向けなかった。修に対し涼しいまなざしを投げかけ、静かにきいた。「兄さん。具合はどうかな」

ふんと鼻を鳴らした修は、とぼけたような表情でいった。「悪くないな。世界一の高さを誇る滝の上からジャンプして、滝壺でひと泳ぎできる気分だ」

莉子はしらけた気分でつぶやいた。「滝壺があるわけないと思うんですけど」

黎弥も澄ました顔で同意をしめしてきた。「世界一の落差があるなら、滝は途中で蒸発するからな」

修が眉間に皺を寄せた。黎弥に歩み寄ると、ささやくように押し殺した声でいった。「保釈金を積んでくれた礼を口にすると期待してるなら、あてが外れてるぞ。裁判が終わったら、俺は田舎でささやかに暮らす。おまえに利用されるのはもううんざりだ」

「それがいい」黎弥は冷静な物言いで告げた。「だがそのむさくるしい髭は剃って、髪も僕と同程度に伸ばしておくべきだ。見分けがついたんじゃ双子のメリットはなくなる。兄さんが何かをしでかしても、助けられなくなるよ」

しばし修はむっとして黎弥を睨みつけていたが、言葉の応酬に勝ち目はないと気づいたのだろう。苦い表情のままぶらりと立ち去った。「せいぜい贋作稼業に励め、物まね芸術家」

修は歩道を遠ざかっていった。影武者から足を洗ったつもりなのか、挙動はせかせかしていて、黎弥がしめすゆったりとした余裕とは対照的だった。

莉子は警視庁の正面玄関を見やった。制服警官がこちらを見ている。黎弥に向き直り、莉子はささやいた。「こんな場所で大胆な会話」

「小声だ。彼の耳までは届かない」黎弥はいっさい笑いを浮かべなかった。「再会できて嬉しい、莉子。村上木彫堆朱の一件以来だな」

「わたしは……。まるで嬉しくなんかありません。むしろがっかり。コピアは贋作者だけど達観したセオリーの持ち主で、あくまで客観的に物事を捉える人だと思ってました。それが、あんなお兄さんに保釈金を払うなんて」

「結局は同類、そう思ったか。だが後になって、このほうがよかったと感じられるはずだ」

はあ？　莉子は面食らわざるをえなかった。どんなことにも理路整然と説明をつけるコピアが、詭弁に逃げだしたのか。ますます失望させられる状況だと莉子は思った。

莉子は呆れた気分で歩きだした。「もういい。贋作者の良心になんか期待したわたしが間違ってたんです」

すると黎弥はあわてたようすもなくいった。「莉子。のろまを自覚しているペンギンを、すばしこさに自信のあるシロクマは、決して捕まえられない」

……意味がわからなかった。莉子は足をとめて振りかえった。「なんのことですか」

「きみの思考が壁に突き当たることがあるとしたら、おそらくそのあたりだと思う。対象をひとつに絞りこんで吟味するのが鑑定であり、論理的思考だという観念に立脚しているからな。当初、双子に気づけなかったのは、対象が複数あるとの可能性を考慮にいれられなかったからだ」

「二度と同じ詭計にはひっかかりません」

「当然だろう。しかし、思索のなかで欠落しがちな連想の道筋を自覚することは無為ではない。復制組のような偽物製造集団と対峙するのなら、持ち前のロジカル・シンキングに滞りを生じさせてはならない」

莉子は心底驚いた。「どうして復制組のことまで……」

「真贋をめぐる世界に生きる人々の動向は、僕にとって天気のような関心ごとでもある。もっとも、僕は雲の下ではなく上に暮らしているのだが」

いちいち自負を挟みたがるのが黎弥の悪い癖かもしれない。莉子はいった。「お金儲けのために作りだされる偽物家電や雑貨の類いなんて、コピアが気にかけるジャンルじゃないと思いますけど」

「そのとおり。いくつかの例外を除いて粗悪品が大半を占める復制組の仕事は、芸術的複製という観点からすれば見るべきものはない。しかし、問題はその数だ。彼らは途方もない量の偽物を日々生産し、世に送りだす。悪貨は良貨を駆逐するの喩(たと)えどおり、このままでは日本はもとより、地球全体が偽物に飲みこまれてしまうだろう。鑑定家のきみがどれだけ浄化できるか、おおいに見ものだと感じている」

そういいながらも黎弥は微笑ひとつ浮かべなかった。

莉子はきいた。「復制組(フーヂーズー)を敵視してるんですか?」

「いや。PM2・5や黄砂と同じく、煩わしく思っているだけだ。だからといって撲滅のために、わざわざ動こうとは思わない」黎弥は背を向けた。「失礼する。陽が落ちたら空気の澄んだ場所で星を眺めるのでね。きょうは水星が東方最大離角を迎える日だ」

黎弥は歩道を立ち去っていくと、内堀(うちぼり)通り沿いに停めてあった、丸みのある2ドアクーペに乗りこんだ。ブガッティ・ヴェイロンがW16気筒4ターボチャージャーの重低音を響かせ、路上に滑りでる。たちまち彼方(かなた)へと消えていった。

あんな目立つクルマを警視庁の前に停めていたのに、駐車禁止の取り締まりすら受けない……? なんとも不可解な話に思えた。

だがそれより莉子は、黎弥に煙に巻かれたような気がして仕方なかった。思考について助言を思わせる口ぶりをしながら、その意味するところは判然とせず、復制組(フーヂーズー)との関わりも避けてまわる意志をしめした。彼がおこなったことといえば、兄の保釈だけだった。

しょせん贋作(がんさく)者は贋作者か。莉子は霞ケ関(かすみがせき)駅へと歩きだした。理不尽であっても、心をかき乱されている場合ではない。复制组(フーヂーズー)への対策を検討せねば。急ぐ必要があった。杉浦大臣がいったように、日本と中国はいま弥勒菩薩(みろくぼさつ)像問題をめぐり、対立を深めているのだから。

弥勒菩薩(みろくぼさつ)

夜九時をまわった。

波はわりと高いが、中型船の航行に支障はないようだった。それなりの広さを誇るキャビンにひしめくスーツたちは、一様に難しい顔で黙りこんでいる。悩んでいるわけではなかろう。陸を離れて四時間以上が経過した。初心者にはそろそろ船酔いが応(こた)えてくるころだった。

五十代後半の佐々木(ささき)和郎(かずお)教授にとっても、ひっきりなしに揺れる床はけっして居心地のよい環境ではなかった。文化庁美術工芸課彫刻担当技官から、東京国立文化財研究所と宮内庁正倉院事務所の職員を勤めあげた経歴は、海とは無縁に築かれた。古代から中世の日本彫塑史と仏教美術史、そして正倉院学を専門にしていても、遣隋使(けんずいし)のまねごとを体験したわけではない。私にはやはり陸が性(しょう)に合っている、佐々木はそう痛感した。

じっとしていても酔いがひどくなるだけに思えた。佐々木はソファから立ちあがり、キャビンの中央に無数のロープで固定された巨大なアクリルケースに近づいた。

ケースのなかに、人体とほぼ同じ大きさの木彫りの像が見えている。章楼寺の弥勒菩薩。ポーズは椅子に腰かけ左脚を床に下ろし、右脚はぐいと上げて左膝上に置いている。右手で頬杖をつき、瞑想にふける面持ちを浮かべていた。京都の広隆寺や、奈良の中宮寺の弥勒菩薩像と同じ、坐像でも立像でもない〝半跏思惟像〟だった。

平安や鎌倉時代には、弥勒菩薩は半跏思惟のポーズではなくなる。よってこの仏像は飛鳥時代とみるのが正しい。科学的な検証でも年代は裏付けられている。

助手の小西雄太准教授が、揺れるなかを近づいてきた。「暗い本堂のなかで見るより、フォルムがはっきりしますね。仏像の体格が筋肉質で、少しばかりいかつい。繊細な広隆寺の弥勒菩薩とは違いますね」

「そうだな」佐々木はうなずいてみせた。「脚も太い。そのせいで角度によっては、ただ脚を交差させてるように見える。中国側が自分の国の仏像だと主張する根拠もそのあたりだろう。唐の時代まで、中国の弥勒菩薩像は脚をX字に交差させ、椅子に座るポーズで作られた」

「元や明の時代になると、もっと太った体形になりますよね。隋のころの弥勒菩薩像と解釈すると、なるほどちょうどいい体格かもしれません」

「そこも誤解のもとだな。しかし、こうして近くで見ればはっきりわかる。半跏思惟のポーズだよ。間違いなく日本の物だ」

実際のところ、文献の上では決定的な証拠は見つかっていない。詳細な制作年も作者も不明。『日本書紀』の記述によれば、第二回遣隋使の船から下ろしたことはわかっているが、日本で作った仏像である以上、隋へ運ぼうとしたが出発前に取りやめたとみるべきだろう。しかしその記録も、中国は隋から持ちだした証しと主張する。

彼らによれば、このとき隋の煬帝が聖徳太子の『日出ずる処の天子、書を日没する処の天子に致す』という手紙に立腹したため、小野妹子に倭への贈呈の品を託したはずがない。だから弥勒菩薩像は遣隋使が奪い去ったものだ、そういう理屈だった。これに対し日本側は、もともとわが国で作られた像だから関係がないと反論してきた。

両国の学界の対立はエスカレートし、外交問題のひとつに数えられるまでになった。

研究グループの代表に任命された佐々木は、仏像の詳細な写真を撮り資料を添えて中国側に送ったが、受けいれられなかった。中国の学界から専門家を招こうともしたが、日中関係の悪化を理由に来日を拒まれている。

溝が深まる一方の状況を憂慮し、一部の政治家と佐々木ら民間の研究者が中国側の学界と水面下で接触した。ようやく非公式ながら両国の専門家立ち会いのもと、合同での鑑定にこぎつけた。それが、きょうこれから実施される〝洋上鑑定〟だった。

章楼寺の了承を得て弥勒菩薩像を借り、両国の中間にあたる東シナ海の上で、二隻の船を横づけし会合する。非公式のため映像や音声など記録に残す行為はいっさい禁止。まるで戦時中のような物々しさだが、けっして大げさなことではない。いまや日中間は尖閣諸島のほか、日本企業のブランドを盗んだ中国製コピー商品の氾濫で、経済面でも摩擦を生じさせていた。一触即発に近い閉塞状態を打破するためには、ここまでの膳立てが必要だった。

船長がキャビンに入ってきた。「間もなく中国側との合流ポイントです」

全員の顔に安堵のいろがひろがる。小西が目を輝かせた。「間違いないんですね？」

「もちろん」と船長が笑いながらうなずいた。「正確に長崎と上海を直線距離で結んだ中間地点。世界測地系で経度１２６・０２、緯度３２・２２の海上です。杉浦周蔵東アジア貿易担当大臣が、中国の中央政治局委員である叢宝森氏と直接やり取りして、合流ポイントを取り決めたんです」

杉浦大臣は复制组のコピー商品問題も抱えていると報じられていた。経済と文化の両面で勝利をおさめたいところだろう。だが洋上鑑定を実現しておきながら、みずからの立ち会いは遠慮するあたり、いかにも政治家だった。現場でひと悶着(もんちゃく)起きるのではと警戒しているのかもしれない。

佐々木はいたって楽観的だった。「中国側は北京大学の呉棟生(ウー・トンション)教授を派遣してくるそうだな」

「ええ」小西がうなずいた。「仏像研究の世界的権威ですね」

「政治的にもリベラルってことで知られてる。その目で実物を見てもらえば、絶対に日本の物と保証してくれるだろう」

「うまくいけば理想とされる二度目の洋上鑑定も、近々おこなわれるかもしれません」

その通りだと佐々木は思った。日中関係に深刻な影響を与える骨董(こっとう)美術品にはもうひとつ、奈良時代前後に作られたとおぼしき〝瓢房(ひょうぼう)三彩陶〟という陶器がある。弥勒菩薩像と同様、日中ともに自国の起源を主張していた。だがいまは北京にあり、日本側が返還を求めている。

わが国の場合は、中国ほど露骨に相手国を非難しないため、弥勒菩薩像ほど大きな問題になっていない。しかし、決着をみなければならない案件であることに変わりはなかった。

今回の弥勒菩薩像の問題が円満解決を迎えれば、瓢房三彩陶も洋上鑑定をおこなう運びになりうる。その意味でも責任は重大だった。

短くベルが鳴った。船長が身を翻しながらいった。「どうやら、向こうの船が現れたようです」

キャビンのなかに緊張がひろがった。佐々木は船長につづきながら告げた。「小西君、ここでみんなと待っていてくれ。ようすをみてくる」

甲板へでると、漆黒の海原から吹きつける潮風を全身に浴びた。この季節というのに、体温を奪いきるほどの寒さを運んでくる。船長を追って、操舵室のドアへ逃げこんだ。

船長が命じた。「汽笛を鳴らせ！」

前方の窓にへばりつくクリア・ビュー・スクリーンを通じ、もう一隻の船のシルエットが浮かびあがるのが見てとれた。サーチライトがこちらに差し向けられる。操舵室内は眩いばかりに青白く照らしだされた。

いよいよだ。三回つづけて鳴る汽笛を耳にしながら、佐々木は心拍が速まるのを覚えた。

日本側の船は、汽笛を三回鳴らして合図してきた。距離はしだいに縮まっていく。

北京大学教授の呉棟生（ウー・トンション）は、中国海警局の監視船〝海監51〟の甲板にたたずんでいた。真っ暗な海上を走るサーチライトが照らす先を眺める。向こうも減速し旋回に転じたようだ。互いに横付けすべく位置を調整し始めている。二隻は会話のごとく汽笛をさかんに鳴らしあった。

海警局の制服が近づいてきて告げた。「ウー教授。ご覧のとおり、合流ポイントに到着しました。日本側も到着しています」

ウーは後部甲板を振りかえった。武装した制服がずらりと並んでいる。

唸（うな）らざるをえない気分だった。ウーはつぶやいた。「軍人が大挙して乗り移ったら、日本側は面食らうだろう。向こうは民間船だ。自衛隊が潜んでいるとは思えんしな」

「中国海警は軍隊じゃありませんよ」

「よくいう」ウーは毒づいてみせた。「権限を握る国家海洋局は公安部の外局と変わらん。第二の海軍なのは誰の目にもあきらかだ。せめて武装は解除していくべきじゃないのか」

「あなたをお守りするためです。ご心配なく。国際法を遵守した行動に努めますので」

「ふん」ウーは鼻を鳴らした。「きみらが守りたいのは弥勒菩薩像だろう」

「鑑定は公正にお願いしますよ、ウー教授。ここまできて徒労に終わるわけには……」

「わかっている」ウーはうなずいた。

研究には余念がない。文献を山のようにあたり、学会の専門家たちの意見もきいてまわった。北京大学教授の地位に誓って断言できる。弥勒菩薩像は隋で作られた。実物を鑑定すればきっとその場であきらかになる。

二隻の船は慎重に接舷し、タラップで橋渡しがなされた。ウーは歩きだした。七人の制服が行動を共にする。

波に上下する不安定なタラップを進み、日本側の船に乗り移った。海警局の七人とともに、横並びで相手国の専門家たちと向かい合う。予想通り、日本人たちはスーツ姿ばかりだった。誰もが困惑の表情を浮かべている。怯えたような目で海警局の制服らを眺めた。

案の定、こういう反応か。ウーは憂鬱な気分に浸った。これでは威嚇も同然ではないか。

だが日本人のひとりが気を取り直したように、笑顔でおじぎをした。訛りがちな北京語であいさつする。「佐々木和郎と申します。本日はわざわざお越しいただき、誠にありがとうございます。こちらは小西雄太准教授。ほか、研究チームのみなさんです」

初対面の専門家たちに会釈をかえし、ウーは告げた。「ウー・トンションです。申しわけないが、相互の自己紹介はこれぐらいにしよう。引きあわせていただきたいのは、弥勒菩薩だけなのでね」

佐々木は、ウーが予想したよりふてぶてしい性格を覗かせたことに驚いていた。外見も印象と異なる。神経質な痩せ型を想像していたが、実際には恰幅がよく巨漢と呼ぶにふさわしかった。

それに、同行している武装集団のしめす威圧感はどうだろう。軍人ではないとの説明だったが、腰のホルスターに銃を吊っている以上、何がどう違うのか理解不能だった。

小西が通訳を介し抗議した。鑑定にお迎えするのはウー教授だけにしたい、そう申し立てた。佐々木も通訳に対し、同感だと伝えた。

だが、向こうは強気な姿勢を崩さなかった。全員で弥勒菩薩像を拝見するとの主張を、決して曲げようとしない。

ここで睨みあっていても時間の無駄だった。佐々木は小西を制し、来客を受けいれることにした。中国側から乗船した七人全員をキャビンへと案内する。

研究チームの面々がロープをほどき、アクリルケースを取り払って弥勒菩薩像をしめした。

佐々木はこの瞬間が待ちきれなかった。写真では伝えきれなかった詳細な情報を、いま中国側がまのあたりにしようとしている。

ルーペを取りだしたウーが、像を熱心に観察しだした。彼はこの場で認めるはずだ、日本の半跏思惟像に間違いないと。佐々木は小西とともに、息を呑んで返答を待った。

ウーはルーペ片手に弥勒菩薩像を丹念に眺めた。とりわけ脚については、細大漏らさずじっくり観察するつもりだった。

見れば見るほど確信が深まる。あらゆる角度から眺めてみたが、結論はひとつだけだ。

顔をあげると、佐々木という男が食いいるように見つめてきた。期待感に目を輝かせ、北京語でたずねてくる。「いかがですか」

「そうだな」ウーはため息をついてみせた。「断言できる。間違いなく隋で作られた仏像だ」

佐々木と小西は、揃って驚愕のいろを浮かべた。ほかの日本人らも同様だった。全員が信じられないという顔で、ウーと弥勒菩薩像にかわるがわる視線を注いだ。

やがて佐々木が猛然とまくしたてた。「そんなはずがない！　半跏思惟像なのは見てわかるはずです」

ウーはふたたび仏像にルーペを差し向けた。だが、凝視するまでもなかった。半ば呆れた気分でウーは応じた。「どう見ても半跏思惟のポーズではない。広隆寺の弥勒菩薩と比べても違いは歴然としている。この像はただ脚を交差させているだけだ。南北朝期の北斉様式からの伝統も見受けられる。これが半跏思惟に見えるのなら、眼科の検診を受けるべきだろう」

日本人たちは騒然としだした。佐々木がウーをまっすぐ見つめ訴えてきた。「椅子に腰かけ左脚を床に下ろし、右脚はぐいと上げて左膝上に置いている。右手で頰杖をつき、瞑想にふけっている。半跏思惟以外のなにものでもありません」

ほかの日本人らがうなずいて同意をしめす。小西も声を張りあげた。「これは日本の弥勒菩薩像ですよ！」

ウーは啞然とした。仏像を見やる。日本人の説明とはまるで異なるポーズがそこにあった。脚をX字に交差させ、椅子に座っている。頬杖をついてもいないし、瞑想にふける表情でもない。

見る角度によっては、紛らわしく感じられるのはたしかだ。けれども、写真ならともかく現物をまのあたりにすれば、事実はあきらかだった。にもかかわらず、日本側は全員が佐々木の発言を支持しているらしい。

彼らの目には、これが半跏思惟に見えているのか……？　迷いのない態度が空恐ろしく感じられる。揃って幻でも見ているとしか思えない。

海警局の制服を振りかえり、ウーはきいた。「意見をきこう」

「ウー教授のご説明のとおりだと思います」海警局の制服は真顔でいった。「結論が明白になった以上、仏像はこの場で引き渡されるべきと思いますが」

しばしウーは黙りこんだ。日本側は弥勒菩薩像を、好意でここまで運んできた。その前提で考えるなら、たとえ隋で作られたことがあきらかでも、ただちに譲るよう要求するのは傲慢(ごうまん)にすぎるかもしれない。

だが……。この〝洋上鑑定〟はすでに公平さや公正さを欠いている。日本側は、誰の目にも黒と映るものを白と言い張っている。全員が口を揃えて押し通そうとする。あからさまに誤った事実を受けいれさせようとする姿勢は、鑑定への侮辱としか思えなかった。

やむをえない。向こうがその気なら、こちらも強硬手段に訴えるまでだ。ウーは海警局の制服たちにうなずいてみせた。

制服らはすばやく反応し、搬入してきた台車に弥勒菩薩像の移し替えを始めた。むろん日本人たちが静観するはずもなかった。佐々木や小西が血相を変えて阻止にかかる。日本側の全員が立ちふさがって作業を妨害しだした。海警局の制服が押しのけようとして、つかみ合いが始まった。北京語の罵声が飛び交う。キャビンのなかは大混乱の様相を呈した。

やがて、海警局の制服がホルスターに手をかけると、ようやく抑止力が発揮された。日本側は表情を凍りつかせ静止した。

四人の制服が威嚇し、残る三人が移送の作業をつづける。弥勒菩薩像は台車に載せられた。そのままキャビンの外へと運びだされる。

ウーは制服たちと甲板にでた。日本人たちは敵愾心をあらわにしながら、ぞろぞろとついてきた。この局面だけ見れば、海賊による略奪行為に等しい。だが事情を鑑みれば、正当性はわが国のほうにこそある。

タラップの上は台車を通せない。仏像は制服らによって持ちあげられ、慎重に運ばれた。落としやしないかとウーは気が気でなかったが、なんとか海監51の甲板に移し終えた。

別れのあいさつはなかった。タラップが外されるなか、互いの乗員は無言で睨みあった。日本側はみな恨めしそうな顔をしている。対して、こちらの制服たちは勝ち誇ったように澄ました表情を浮かべていた。

海監51は発進した。暗黒の海面を滑るように加速し、日本側の中型船を引き離していった。

制服のひとりが満足そうに話しかけてきた。「感謝します、ウー教授。ぶれずに日本側の抗議を突っぱねてくださった。お手柄ですよ」

ウーは複雑な気分で弥勒菩薩（みろくぼさつ）像を眺めた。脚は交差させているにすぎない。半跏思惟のポーズでは断じてなかった。

「私は」ウーはつぶやいた。「正しく鑑定しただけだ。礼をいわれることではない」

対立

柔らかい陽射しが振り注ぐ午後、神田川沿いの商店街は人の往来もほとんどなく、静けさに包まれている。飯田橋界隈にあって、この落ち着いた雰囲気は貴重といえた。雑居ビルの一階テナントに、万能鑑定士Qの店はある。シンプルモダンでまとめた内装。艶消しのアルミとガラス、無機質でシャープな印象の家具で統一してある。わずかに青みがかった透明なデスクに黒革張りの椅子、客用のソファが数脚。小物を飾ったキャビネット。

この時間は来客も途絶えがちになる。会社の昼休みの時間を迎えた小笠原悠斗が、ぶらりと立ち寄るのが常だった。きょうもふたりきりで、他愛もないことで談笑しあう。そんな平穏な時間が流れていた。

ところが、沈黙はふいに破られた。自動ドアが開くや、宇賀神警部が血相を変え飛びこんできた。「大変です！」

「ど」莉子は肝を潰(つぶ)しながら、椅子から立ちあがった。「どうされたんですか、いったい」

つづいて葉山警部補が入店してきた。葉山も険しい表情を浮かべ、小笠原に目をとめる。

すかさず葉山は、小笠原の腕をつかんで引っ張った。戸口まで連れていくと、背を押して外に追いだそうとする。「マスコミのかたはご遠慮ください。極秘事項なんで」

「え？」小笠原は戸惑いのいろとともに路上へ消えていった。「ちょ、ちょっと……」

葉山が戻ってくるのを待つようすもなく、宇賀神はソファに座り話を切りだした。

「凜田先生。佐々木和郎教授をご存じですね」

「はい……。古代と中世の仏像鑑定の権威ですし」

「呉棟生(ウー・トンション)教授は？」

「北京大学の？　お名前は存じあげてます。やはり仏像の研究で世界的に知られてるかたです」

「その両者が東シナ海の船上で落ち合い、章楼寺の弥勒菩薩像を合同鑑定しましてね。非公式かつ秘密裡(ひみつり)の会合だったのですが、日中両国の緊張を緩和したいと願ってのことでした。ところが、中国側が弥勒菩薩像を強引に奪取してしまったんです」

「ええっ!?」莉子は衝撃を受けた。「ウー教授が力ずくで持ち去ったんですか?」

自動ドアが開き、葉山がふたたび姿を現した。「記者さんは外で待ってもらってます」

宇賀神は葉山を一瞥(いちべつ)してから、また莉子に目を戻した。「中国側は七人の乗員を送りこんできたそうです。ウー教授以外は海警局の制服を着ていて、しかも武装していたらしい。佐々木教授たち日本側は民間の研究チームのみでしたから、抵抗するすべもなかったと」

莉子は当惑を深めた。「ウー教授はその行為に加担してたんですか?」

「いちおう鑑定はおこなわれたみたいです。佐々木教授の話によれば、ウー教授は弥勒菩薩像が半跏思惟(はんかしい)の仕草をとっていると認めず、脚を交差させているだけと言い張って、中国の物だと鑑定を下したそうです」

「そんな。章楼寺の弥勒菩薩像なら、以前に東京国立博物館の特別展で見ました。たしかに見ようによっては微妙なところもありますけど、あれは半跏思惟です。ウー教授ほどの人が直接目にしたのなら、絶対にわかるはずです」

「佐々木教授らも抗議したそうですが、まったく聞きいれられなかったそうです。とんでもない出来事ですよ」

「んー」莉子は思わず唸った。「けさのニュースでは何もいってませんでしたけど……」

葉山が口をはさんだ。「依然として最高機密の扱いだからです。一介の所轄勤めの私も、凜田さんの知り合いなので教えてもらえたことでしてね」

宇賀神は莉子に告げてきた。「〝洋上鑑定〟実現に尽力したのは杉浦大臣です。事件後、佐々木教授らを乗せた船が長崎港に戻ったのち、大臣は報告を受け、すぐに安倍総理に伝えました。しかし洋上鑑定自体が非公式な折衝でしたから、中国に対し公に抗議するわけにもいかず、頭を抱えている状態です。国会議員のなかには、弥勒菩薩像を丸腰の船で運びだしたこと自体が間違いだったと、非難する声もあがっています」

莉子はきいた。「中国のほうは……？　なにか動きはあるんでしょうか」

「つい一時間ほど前、日本が自発的に弥勒菩薩像を返却したと発表しました。中国政府によれば、日本の専門家らが弥勒菩薩像を隋で作られたと認め、船に載せて贈呈してきたと……」

葉山が顔をしかめた。「さっさと物語をでっちあげないと、日本にあったはずの仏像が中国にあること自体が問題視されますからね。取り急ぎ、日本がすすんで返したって公表しておくことで、反論を封じるつもりでしょう」

「じゃあ」莉子はつぶやいた。「もうすぐ報道されますね」

「ええ」宇賀神が神妙にうなずいた。「新華社を通じ、世界じゅうの人々が知るところになります。日本国内でも反発の声があがるでしょうが、事実すでに危機が高まってるんです。内閣は、今回の中国側の行為を略奪とみなし、自衛隊の護衛艦と潜水艦を東シナ海に展開しました。無言の圧力による抗議というわけです。在日米軍も同調してます。しかし中国側もその動きを察知し、海軍の東海艦隊から駆逐艦数隻が繰りだしていて……。尖閣諸島以来、あるいはそれ以上の緊張が生じてます」

あまりに途方もない話で、思考がついていかない。莉子はきいた。「せ、戦争になっちゃうんですか？」

「むろん衝突を回避しようと模索する動きが、あらゆるレベルで始まっています。杉浦大臣はツォン中央政治局委員と電話で会談して、予定されていた二回目の洋上鑑定をおこなう手筈を整えたそうです」

「二回目の……洋上鑑定？」

「次は瓢房三彩陶という陶器だそうで、中国側が北京から持ちだしてくるとか。また日本側と海上で接触し、互いの専門家の目で真実をあきらかにしようと」

「へえ」莉子は意外に思った。「弥勒菩薩像を奪って危機的状況を作りだしたのに、向こうからお宝を運んできて、同じことをするわけですか」

「約束を反故にしたのでは、仏像を奪ったと自白するようなものだからでしょう。表向き平和ムードを強調することで、日本からの仏像返却を既成事実にしたいと中国側は考えているんです。洋上鑑定は成功だった、だから二回目も予定どおり実施しよう、とね」

葉山がいった。「あるいは、少し考えにくいことではありますが……。仏像を奪取した罪ほろぼしに、瓢房三彩陶を差しだそうとしているのかもしれません」

宇賀神がしかめっ面でつぶやいた。「可能性は低いが、ないとはいいきれんな。中国側も危機を回避したがっている、その一環かもしれない。向こうの思惑はわからないが、ともかく第二回洋上鑑定は近いうち実施される」

「そこで」葉山が真顔で莉子を見つめてきた。「凜田さんの出番ですよ」

「はい？」莉子は思わず甲高い声をあげた。「で、出番って？」

すると宇賀神が身を乗りだした。「瓢房三彩陶は弥勒菩薩像と同様、日中両国とも自分たちの国で作られたと主張してるそうですね」

莉子はうなずいてみせた。「ええ……。実物は見てませんが、奈良時代前後に日本で生まれた陶器というのが、日本国内での定説です」

「杉浦大臣からの指名です。第二回洋上鑑定に参加して、瓢房三彩陶が日本の物だと証明してください」

「ちょっと……。そんな大役、わたしには無理ですって。陶器ならその道の権威に依頼したほうが……」

「もちろん専門家チームも編成し同行します。しかし、杉浦大臣はぜひとも凜田先生に依頼したいとおっしゃってます。私もそれをきいて、同感だと申し添えました」

「なんで申し添えるんですか」

「凜田先生がおられなければ、モナ・リザは奪い去られていました。复制组（フーヂーズー）の总的导体（ソンダーダオティ）がスゥ・シァオジュンだとあきらかになったのも、凜田先生の働きがあったからこそです。私からもお願いします。日中間の危機を回避するため、手を貸してください！」

「で……でも」莉子はあわてていった。「もし鑑定の結果、瓢房三彩陶が中国生まれだと判明したら、どうするんですか」

「国内の専門家は誰もが、瓢房三彩陶は日本で作られたと断言してます。弥勒菩薩像と同じく、中国がただ難癖をつけているだけに違いないんです。よって、日本の物と鑑定されると確信しております」

「……向こうがまた、武装してる人たちを送りこんできたら？」

「毅然たる態度で鑑定結果を叩きつけてやればいいのです。いちおう国際法に則り、凜田さんは民間の中型船に乗ることになりますが、そう遠くないところに自衛隊の護衛艦が待機するそうです。何かあればただちに駆けつけてくれますよ」

莉子は血の気がひくのを感じた。室内の温度がどんどん下がっていくように思えて仕方ない。「陶器を奪われちゃったらどうしよう……」

「そのときは」宇賀神の真剣なまなざしが、じっと莉子を見つめてきた。「一九七二年の日中国交正常化以来、四十二年にわたりつづいてきた平和が、今度こそ破られるでしょう。考えたくもありませんが」

小笠原悠斗は、商店街の一角で手持ち無沙汰にたたずんでいた。午後の陽射しに煌めく神田川を眺めてしばらく経つ。蚊帳の外に置かれるのには慣れているが、店のなかで何が話し合われているか、気にならないはずはなかった。しかし、近づくとガラス越しに葉山が迷惑そうなまなざしを向けてくる。あるていど距離を置くしかない。

やがて、自動ドアが開く音が耳に届いた。悠斗は振りかえった。

宇賀神と葉山が外にでてくる。莉子は戸口で、見送りに立っていた。

「では」宇賀神が莉子にいった。「日時が決まりましたら、またご連絡します」

「はい……」莉子の表情は曇っていた。

葉山は立ち去りぎわに、こちらに目をとめた。「記者さん。凜田さんから何か聞きだしたりしないでくださいよ。情報が洩れたら真っ先に疑いますからね」

わざわざ釘を刺していくとは、まるっきり信用がないらしい。宇賀神と葉山はそれ以上なにもいわず、近くに停めてあった覆面パトカーとおぼしきセダンに乗りこみ、ゆっくりと遠ざかっていった。

悠斗は莉子に歩み寄った。「なんだか大変そうだね。事情はきかないけど……」

莉子が力なく微笑した。だが、すぐに笑みは戸惑いのいろのなかに埋没し消えていく。「ごめんなさい。口止めされてて」

また大事のようだった。悠斗は心からいった。「いつでも支えてあげたいと思ってるよ」

「ありがとう」莉子はようやく穏やかな表情に転じた。「でも平気だから」

洋上鑑定

一週間後、月のない夜だった。波は高く、はるか彼方(かなた)で浮き沈みする点のような灯台の光が、闇に覆われた海原に燈(とも)る唯一の明かりだった。済州(チェジュ)島に違いない。ここを越えたら、文字通り日本と中国の中間。東シナ海の合流ポイントまであと少しの距離まで迫った。

莉子は中型船の右舷(うげん)に位置する船室をひとつ与えられていた。休んでおこうと思ったが、ベッドに寝ても揺れのせいで落ち着かない。結局起きだして、陶器に関する資料を読みふけった。

不安で仕方がない。緊張に包まれ喉(のど)もからからになる。しかし、これが平和につながるのなら、怖がっている場合ではなかった。いま日中間の関係は最悪に等しいときかされているし……。

ドアをノックする音がした。どうぞ、と莉子は応じた。

開いたドアから船長が顔を覗かせる。「凜田先生、キャビンへお越しください」

「いま行きます」莉子は応じて、椅子から立ちあがった。

左右に傾く船内の廊下を、手すりにつかまりながら奥のドアへと移動する。戸口を入ると、広めのキャビンには三人の中年男性が待っていた。

あいさつは出航前に交わしている。陶磁器や漆器の研究で知られる著名な人物が勢ぞろいしていた。牧野清隆教授、長峰修一准教授、廣岡賢研究員。莉子は会釈をしてグループに加わった。

牧野が硬い顔でいった。「いよいよだね。瓢房三彩陶、実物をこの目で見られるのが楽しみだ」

長峰は怪訝そうに牧野を眺めた。「本心ですか？　私は、手にとるのは遠慮したいですな。震えてしまって落としかねないから」

すると廣岡も怯えた表情でうなずいた。「僕も本音じゃ逃げだしたい気分ですよ。凜田さんはどうですか」

莉子も弱音を吐きたい衝動に駆られたが、なんとか思いとどまった。「いまさらどうしようもないので……。覚悟を決めて臨むだけです」

重苦しい沈黙が漂った。みな思いは同じだろうと莉子は感じた。瓢房三彩陶が明々白々(はくはく)と日本の物であってくれることを祈りたい。そのうえで、中国側が異論を差し挟めないぐらいの根拠が浮き彫りになる事態を、莉子は切に願った。すべてが丸くおさまるためには、それ以外の状況は考えられなかった。

ふいにキャビンに短くベルが響く。莉子は思わずびくっとした。

船長は窓の外を眺めた。「合流ポイントです。中国船も到着済みのようです」

莉子は三人の専門家たちと顔を見合わせた。じっとしてはいられない、みな表情がそう物語っていた。すぐさま、全員で戸口へ向かう。

甲板にでてみると、強風が吹きつけた。

荒波のなかにもう一隻の船の輪郭が、大きく浮かびあがっている。すでに思ったよりずっと近い。

長峰が震える声でささやいた。「いきなり攻撃してこないかな」

すると船長が首を横に振った。「心配ありません。こっちと同じ民間の中型船ですよ。さすがに海軍や海警局の船であれば、たとえ約束があってもわれわれは近づきません。舵(かじ)をとる者の常識ですよ」

ついにそのときが訪れた。莉子は全身の血流も凍る思いに、必死で抗(あらが)っていた。

中国側の専門家は劉徳純(リウ・ドウチュン)という名の権威ときいている。リウが聞く耳を持つ人格者であってほしい。でなければ運命は闇に閉ざされてしまう。

リウは日本側の船から乗り移ってきた専門家たちを、少しばかり手狭なキャビンで迎えた。北京語でひとりずつ自己紹介がなされる。牧野清隆、長峰修一、廣岡賢。そして凜田莉子。

最後の女性のみ、フリーランスの鑑定家だという。ずいぶん若く大学生も同然に見えるが、陶器の真髄を理解できているだろうか。

前回の洋上鑑定において、弥勒菩薩像をめぐり日本側と混乱が生じたらしい。そのためか、海警局の制服が十人も立ち会っていた。日本人たちは武装した乗員の群れに萎縮しがちな反応をしめしたが、リウはそれでかまわないと思った。恐怖におののいたからといって、鑑定を誤るものではない。瓢房三彩陶が唐で作られたのは誰の目にも明白だからだ。

乗員の手によって金庫が開けられ、陶器が取りだされる。日本側は固唾を呑んで見守っていた。

緑と褐色、黄土いろが混在しあう、丸みを帯びた蓋付き容器。その造形の見事さは芸術の域を超えている。いつの世であっても目を奪う、至高の作品に違いなかった。

早速本題に入ろう。リウは日本人たちに告げた。「当時きみらの国には、窯で燃料となる薪により粘土中の長石を融解し、ガラス質を精製する自然釉しかなかった。焼き物に着色することは不可能だったはずだ。まぎれもなく唐三彩だよ。文献に、この瓢房三彩陶は遣唐使に貸し与えたとある。だが返却されず、日本に持ち帰られてしまったわけだ」

牧野がおずおずと口をきいた。「そのう……。奈良時代に中国から三彩陶が入ってきたのはたしかだと思います。でも、日本はすぐにその技術を学びました。正倉院に残る奈良三彩などが作られています。瓢房三彩陶はそのうちのひとつかと……」

「ありえん」リウは否定した。「低火度の鉛釉瓷である奈良三彩にくらべ、これはあまりに技術が秀でている。日本では平安時代になってようやく、釉薬が限定的に用いられたにすぎない」

長峰があわてたようすで告げてきた。「日本にも釉薬を使った見事な陶器がたくさんありますよ」

リウは取り合わなかった。「鎌倉時代の古瀬戸以降だ。奈良時代にはまったく不可能だったはずだ」

廣岡がひきつった笑いを浮かべながらいった。「おっしゃるとおりかも」

牧野と長峰が、じろりと廣岡を見やる。廣岡は小さくなって下を向いた。すみません。

予想どおり、日本側はぐうの音もでないようすだった。当然だろうとリウは思った。写真でなく実物を見れば、奈良三彩とのレベルの違いはあきらかだった。

だが最後のひとり、凜田莉子がきっぱりと言い放った。「いえ。これは日本で作られた物です」

リウという陶器の権威が、目を怒らせて睨みつけてきた。

莉子は一瞬物怖じしたものの、内なる確証が勇気を後押しした。リウに対し、北京語を駆使して告げる。「奈良三彩と同じ技術が使われています。完成度が非常に高く唐三彩に見紛うほどですが、よく観察すれば異なると判ります」

「……ほう」リウは憤慨しているようだった。「具体的に説明してもらいたいが」

「土が違います」莉子はいった。「唐の胎土に酷似した白さを誇りますが、含有される石粒がほんの少しばかり粗いようです。奈良三彩に共通しています。上釉の発色も、唐三彩とは異なり渋みがあります」

リウはいまだしかめっ面のままだったが、虹彩になんらかのいろが混ざりだした。

ルーペを片手に、瓢房三彩陶を穴が開くほど眺める。

やがてリウは唸(うな)るようにつぶやいた。「上釉が胎中ににじんでいるからか」

「そうです」莉子はうなずいてみせた。「三彩釉を施す前に素焼きせず、素材に直接三彩釉を掛け分けて焼いたんです。唐三彩とは作りが違います」

「……むう」リウはいっそう険しい面持ちになった。「しかし、形状は唐三彩そのものだろう」

「奈良時代の工芸だからです。遣唐使や日本からの留学僧は、唐から土産として持ち帰った文献に、唐三彩の製法を発見しました。後年は日本独自の器形に発展しましたが、当初は唐三彩に似せることから出発したんです」

キャビンはしんと静まりかえった。リウがぶつぶつとこぼしながら、なおも陶器を眺めまわす。

かなりの時間が過ぎた。リウはため息をつきながら身体を起こした。「当時の文献の記述に疑問は残るが、鑑定家としては事実を認めざるをえんな。きみのいうとおりだ。私は主張を撤回する」

海警局の制服たちが、いっせいに驚きをあらわにした。ひとりが目を剝(む)いてたずねる。「リ、リウ先生。何をおっしゃるんですか」

日本側の専門家たち三人は、通訳からリウの発言をきかされたとたん、揃って顔を輝かせた。

牧野が興奮ぎみに声を発した。「日本で作られたとお認めになるんですね？」

日本語で質問したところで返事はない。莉子はリウに北京語でたずねた。「この瓢房三彩陶が日本人の手による作品と、公に証言してくださいますか？」

「ああ」リウはうなずいた。「私も自分の研究にプライドがある。誤りは正さねばならん。当局に対しては、私が責任を持って説得しよう」

中国側の権威が首を縦に振った時点で、日本の専門家らは歓声をあげていた。

リウは微笑を浮かべた。だがそれは一瞬に過ぎず、すぐにまた頑固そうな仏頂面に戻ると、踵（きびす）をかえしながらいった。「事情があきらかになった以上、北京に持って帰るわけにいかん。好きにするがいい」

「……えっ？」莉子は衝撃を覚えた。「それはつまり、その……」

「いい土産ができたな」リウは立ちどまり、莉子を振りかえってつぶやいた。「きみの慧眼（けいがん）には、多くを学ばされた。先入観を捨て客観視に徹する、鑑定の基本を忘れていたよ。瓢房三彩陶、ここに置き忘れるな。きみらの船に運ぶといい」

海警局の制服は動揺をしめした。最も階級の高そうな男がリウに抗議する。「そんな勝手は許されません！」

「権限は私にある」リウは冷静にいった。「党中央から鑑定に関するすべてを委任されとるんだ。来客は丁重にお見送りしろ。いっさいの面倒をかけてはならん」

それっきり、リウはキャビンから立ち去っていった。

制服たちが押し黙る。莉子は困惑を覚えながら、仲間たちに目を向けた。全員が同じく戸惑っている。四人の視線が交錯した。

やがて廣岡が、腰のひけた歩調で陶器に歩み寄りだした。海警局の制服らは、苦虫を噛み潰したような顔ながら、制止を呼びかけてくるでもなく無言で見守っている。廣岡は頬筋をひきつらせていたが、意を決したように瓢房三彩陶を手に取った。

中国側はひとことも声を発しなかった。廣岡は駆け戻ってくると、ほかの専門家たちと横に並んだ。みな頭をさげた。莉子もそれに倣っておじぎをした。

夢でも見ているかのごとく、現実感に乏しい光景だった。四人でキャビンを後にし、甲板へでる。歩が自然に速まった。タラップを渡り、日本側の船に乗り移る。

しばらくしてタラップが外された。中国側の船が先に動きだした。陶器に未練をしめす気配もなく、速力をあげて遠ざかる。

莉子は三人の専門家らとともに、甲板にたたずみ中国船を見送った。

ほどなく静寂が訪れた。船体の側面に打ち寄せた波が、飛沫をあげるかすかな響き。物音もそれだけだった。

「や」廣岡が満面の笑いとともに、陶器を高々と掲げた。「やったぁ！」

牧野があわてたように制した。「おい、危ないぞ。落としたらどうする。まずは下に置け。そっとだぞ」

長峰はうっすらと涙を浮かべながら、莉子の手を握ってきた。「凜田さん。なんてすごい人なんだ。いわれてみればたしかに、あなたの説明どおりだ。恥ずかしい話、私たちは恐怖のあまり鑑定どころではなかった。中国側が瓢房三彩陶を返してくれるなんて。奇跡に等しい出来事だよ」

興奮ぎみにまくしたてられるうちに、莉子は少しずつ途方もない事態への実感を深めていった。甲板のわずかな明かりの下でも、深みのある光沢を放つ瓢房三彩陶を、しばし眺める。

やり遂げたんだ、わたしたち……。莉子はいまだ信じられない思いとともに、心のなかでつぶやいた。

寝耳に水

小笠原悠斗は朝一番の飛行機で、長崎へ着いていた。耳を疑うような報せに、とても東京に留まってはいられなかった。

路面電車を大波止電停で下車し、長崎港へと駆けこんでいく。連なる巨大な倉庫のなかに一か所だけ、入り口前に黒塗りのセダンが密集して駐車している。悠斗はその場に急いだ。

制服警官までが繰りだし、ものものしい警備体制が敷かれていた。悠斗は身分証明書を提示したが、それだけではなかに入れない。厳重にボディチェックと手荷物検査を受け、ようやく通行許可が与えられた。

倉庫に足を踏みいれた直後、悠斗は驚きとともに立ちすくんだ。

本来はがらんとした土間が、大勢の人々で賑わっていた。喜びに満ちた空気は祝賀会を髣髴とさせる。悠斗以外に報道関係者らしき姿はない。辺りを埋め尽くしているのは、学界の研究者とおぼしきスーツの高齢者たちだった。外務省や文部科学省の職員もいる。彼らの顔は、以前に官庁街を取材したときに記憶した。みな急遽この長崎へ飛んできたのだろう。

開け放たれたシャッターの向こうには、埠頭が見えていた。中型船が停泊している。昨晩、凜田莉子はあれに乗って東シナ海の真ん中まで出向いたのだろう……。

悠斗はふたたび倉庫内を眺め渡した。真ん中の人だかりに近づいてみると、テーブルが据えてあり、アクリルのケースが載せてあるのが見えた。なかには見事な陶器がおさまっている。噂の瓢房三彩陶らしい。専門家たちは忘我の境地といった面持ちで、ひたすら陶器を眺めまわしていた。

そこから少し離れたところに、もうひとつの群れがあった。人々に囲まれ、にこやかに応対しているのは、今回の功労者である四人の専門家たちだった。莉子の姿は、そのなかにあった。

さすがに疲労感が漂っているものの、莉子は笑顔で立ち話に興じている。周囲は彼女を褒めちぎっているようだが、莉子は控えめに言葉をかえすのみだった。謙虚な態度はいつもの莉子と変わらない。

悠斗はそちらに歩み寄ろうとした。ところがふいに、スーツ姿ながら屈強そうな身体つきの男がふたり、行く手に立ちふさがった。いずれも髪を短く刈りあげ、片耳にイヤホンを装着している。SPかもしれない。

「あ」悠斗はたじろぎながらいった。「ぼ、僕はですね。『週刊角川』の記者でして……」

「記者？」男のひとりがつぶやいた。「マスコミは立ち入り禁止ですよ」

そのとき、ふたりの肩ごしに見慣れた顔が現れた。宇賀神警部は近づきながら告げた。「いいんだ、彼は。私たちが招いたんだよ」

男たちは頭をさげ、素早く立ち去っていった。

いつもしかめっ面の宇賀神は、めずらしく満足そうな笑いを浮かべていた。「記者会見は明日以降になりそうですが、小笠原さんは特別ですよ。さあ、どうぞ」

「はあ。どうも……」悠斗は宇賀神に案内され、莉子を囲む一群に誘導された。

莉子が悠斗に気づいたようすで、笑みを浮かべながらいった。「あー、小笠原さん。わざわざ来てくれたの？　嬉しい。こちらは一緒に船に乗った牧野教授、長峰准教授、それに研究員の廣岡さん」

大勢の人目があるからだろう、悠斗ではなく小笠原と呼んだ。下の名前で呼び合う仲になっても、職場や公の場では苗字にする。確認しあったわけではないが、ふたりのあいだに自然にできあがったルールだった。

わかってはいるが、なんとなく淋しさに似た気分を覚える。悠斗は応じた。「お帰りなさい、凜田さん」

よそよそしいやりとりが空虚さを通り越し、胸の奥に暗雲を立ちこめさせる。なぜこんな気持ちになるのだろう。蚊帳の外に置かれたように感じ、彼女との距離を自覚したからか。あるいは、黙って危険な行為に及んだ彼女に対する苛立ちか。

違う。苛立っているのは自分自身に対してだった。凜田莉子は恐ろしく剣呑なる状況に臨んでいたにもかかわらず、僕のほうは事情さえ知らされなかった。仮に知っていたところで、役に立てたわけではない。その無力さを痛感すればこその憤懣と焦燥だった。

莉子は悠斗を見つめると、心のなかを察したのか、申しわけなさそうにささやいた。

「ごめんなさい。本当は相談したかった……」

「いや、いいんだよ」悠斗は笑いを浮かべてみせた。「とにかく無事でよかった」

安堵のいろに転じた莉子を見かえす。悠斗の思いは複雑だった。彼女は国家規模の重責に耐えたというのに、僕ときたら都内で怠惰な一夜を過ごしたのみだ。

自分の情けなさを痛感していると、いきなりひとりのスーツが駆け寄ってきた。

その男性は省庁の職員らしい。血相を変えて怒鳴った。「すみません！　ちょっとこれ、見てくれませんか」

差しだされたのはタブレット端末だった。テレビのニュース番組が映っている。内蔵チューナーで受信しているらしい。ときおりブロックノイズが生じた。

スピーカーからキャスターの声が響く。「お伝えしておりますように、中国政府は本日未明、東シナ海で日中両国の専門家による船上鑑定中、一級文化財である瓢房三彩陶を日本側に奪取されたと発表しました」

莉子が面食らったようすで声をあげた。「え!?　なにこれ」

牧野が食いいるように画面を凝視した。「嘘だろ。俺たちが奪ったなんて」

キャスターの声はつづいていた。「中国外交部の報道局長は、陶器鑑定の専門家であるリウ・ドウチュン氏の証言を、談話として発表しました。それによると、日本側から専門家と称する四人が中国船に乗り移ってきて、しばらくはリウ氏の鑑定結果を静聴していたものの、やがて四人は逆上し、船上で暴れた挙げ句、陶器を強引に持ち去ったとのことです」

長峰が目を瞠った。「私たちが逆上した!?」

廣岡は顔面を紅潮させて怒鳴った。「ありえないよ！　向こうの船には、ええと、なんだっけ。そうだ、海警局っていう、軍隊みたいな連中が十人も潜んでた。暴れるなんて無茶な話だ」

人を掻き分けて、初老の男性があわてたようすで姿を現した。杉浦議員だった。

「いったいなんの騒ぎだ」

さっき見かけたSPは彼の警護だったのだろう。悠斗はそう思った。杉浦はタブレット端末をひったくると、老眼鏡をかけ画面に見いった。

キャスターの声が響いた。「中国政府が公表した、四人の日本人の氏名は次のとおりです。牧野清隆、長峰修一、廣岡賢、凜田莉子。今後、中国外交部は日本側に対し、この四人の海賊行為に対し、厳重に抗議する意志を明確にしており……」

莉子は悲鳴に近い声をあげた。「か、海賊って!」

悠斗も思わずつぶやいた。「まるで四皇みたいな扱いで報じられたね……」

杉浦が怒髪天を衝く勢いで、専門家チームに詰め寄った。「どういうことなんだ、これは!?　陶器は中国側が返却してくれたんじゃないのか。何をやらかしたんだ」

長峰がむっとして杉浦を見かえした。「何もしてませんよ。中国側の発表はすべて嘘です」

すると廣岡は、思いだしたように告げた。「そういえば……。リウ氏の態度は不自然でした。陶器が唐三彩だと決めつけていたのに、凜田さんの指摘で急に心変わりして、持ち帰っていいと言いだしたんです」

牧野がうなずいた。「ああ、たしかに……。凜田さんの鑑定は的を射ていたけど、それにしてもリウの妥協は青天の霹靂も同然だった。いまにして思えば、私たちは嵌められたのかもしれない」

杉浦が眉間に皺を寄せた。「嵌める？　どんな目的で？」

宇賀神が険しい表情で口をはさんだ。「議員。中国は弥勒菩薩像を奪取しています。にもかかわらず、日本側から平和裏に返却されたと公表した。国際世論からは疑惑の目を向けられているわけですが、今回の出来事により、日本を同じ立場に追いこんだといえます。日本も中国から陶器を強奪しておきながら、中国側が返したと言い張っている。どっちもどっち、そんな印象を対外的に演出したわけです」

長峰が頭を掻きむしりながら吐き捨てた。「強奪なんかしてないってのに！」

すかさず宇賀神がいった。「むろんです。でも、中国側はそう言い張る。結局、中国は手持ちの陶器と、日本にあった仏像との交換を果たした。陶器より仏像のほうが価値があったんでしょう。凜田先生、どう思われますか」

莉子は深刻な表情でつぶやいた。「どちらも国宝級ですけど、たしかに弥勒菩薩像のほうが瓢房三彩陶よりはるかに高価です。値段をつけるなら、およそ十倍になります」

「ほら！」宇賀神は杉浦を見つめた。「中国は最初からそのつもりだったんです。日中は互いに非難しあっているから、国連も一方のみを悪と決めつけられない」

杉浦は怒りを募らせたようにいった。「国家が泥棒を働いたのか。日中関係の危機が、かつてないほどに高まるリスクを冒してか。ありえんだろう」

すると官僚らしき男性が進みでて、杉浦に助言した。「そうでもありません。中国は、日本が開戦に踏みきるはずもないと、高をくっているのでしょう。中国軍は数の面で圧倒的に優位ですし、近隣のロシアと北朝鮮も味方につけられる。対する日本は、韓国朴政権との連携もとれておらず、在日米軍の影響力も低下しています。アメリカ本国との距離も遠いうえ、ウクライナ情勢をみてもオバマの弱腰外交はあきらかです」

「わが国は完全になめられているわけか」杉浦は激昂をあらわにし、ふたたび人を掻き分けながら移動を開始した。「東京に戻る。総理に会わねばならん。道を空けてくれ！」

騒然としだした倉庫内で、悠斗は莉子を見つめた。莉子も憂鬱そうな面持ちで見かえしてきた。

莉子がささやいた。「わたしの名前、報道されちゃった……」

これほど由々しい事態はほかにない。悠斗は息の詰まりそうな思いだった。不安が煽（あお）られ、焔（ほのお）のように際限なくひろがりだしていた。

孤立

日本政府はそもそも、第一回の洋上鑑定からして、非公式を理由に国民への発表をおこなわなかった。弥勒菩薩像強奪についての中国側への抗議は、あくまで秘密裡(ひみつり)におこなわれた。よって日本国民は、今回の中国側の非難により、初めて洋上鑑定なるものが二度にわたり実施されたことを知った。

略奪の真偽よりも、外交上の重大な出来事を伏せられたことに対する反発こそすさまじかった。関係省庁に不服や異議を申し立てる電話が殺到した。テレビ各局も通常番組を取りやめ、この件に関し夜通し報道しつづけた。真相を知りたい、どの局もそんな論調だった。

中国国内では、報道を鵜呑(うの)みにした世論の怒りが沸騰していた。政府は尖閣諸島周辺に艦隊を展開し始めた。この動きに対し日本政府は、洋上鑑定が非公式な会合であることを認めたうえで、瓢房三彩陶は中国の好意により返却されたとの閣僚談話を発表した。中国はすぐさま反応し、日本側の主張はまるで根拠がなく、断じて容認できないといった。

長崎で宇賀神が主張したように、すべては最初から中国側が仕組んだ罠(わな)だったとの見方が、日本国内でも有力になりつつあるようだった。

莉子は飛行機で東京に戻った。さいわいにも報道されたのは名前だけで、顔写真を伴っていない。移動に支障は生じなかった。悠斗と別れ、夜には明大前のマンションに帰ったが、ベッドに入っても一睡もできなかった。

翌朝、店を開けるために出勤の準備を整えていると、テレビはさらに気になるニュースを報じた。

キャスターの声がいった。「本日未明、グローグンファクターＺの開発で知られる、出光ラボラトリー株式会社の北京研究所で、爆発事故が発生しました。さいわい負傷者はごく少数とのことですが、公安部が詳しい原因を調べています」

グローグンファクターＺ……。複製組(フーヂーズー)がコピーを製造したがっている次世代ガソリン。莉子はテレビに惹(ひ)きつけられた。

資料映像に重なり、キャスターの声が告げる。「開発中のグローグンファクターＺは不安定な引火性液体であり、ある種の酸化性液体を多く混在させると、爆発を生じるとのことです。しかし、北京と上海両工場のいずれにおいても、グローグンファクターZのサンプルは八つの特殊な隔離容器に三リットルずつ貯蔵されており、それら容器三つごとに高性能のセンサーが残量を計測、増減には敏感に反応するとのことです。意図的な爆発を起こす場合、酸化性液体を大量に、しかも段階的に分けて注入する必要があり、センサーの記録データにもそのような痕跡はないとしています。また同社によりますと、サンプル貯蔵庫には厳重な警備と安全管理体制が敷かれており、爆発が起きたのは別の場所とのことです」

グローグンファクターZのサンプルに影響はなかった。会社はそう強調しているらしい。

「しかし」とキャスターがいった。「同社が機密保全を理由に研究所内部を公開しないことから、発表と事実は異なるのではという見方も浮上しています。昨日の瓢房三彩陶をめぐる問題も踏まえ、急速に悪化する日中関係との関連性を指摘する声もあり、予断を許さない状況です。出光ラボラトリーをはじめとする日本企業の中国からの撤退も取り沙汰されるなか、安倍総理は異例の談話を発表し……」

きいていられない気分になり、莉子はリモコンでテレビを消した。

ひたすら陰鬱な思いを抱えながらマンションをでて、明大前駅へと歩く。朝の風景はいつもどおりだった。京王線に乗り、市ケ谷で乗り替えて飯田橋駅に向かう。世のなかは戦争の危機を感じているようには見えない。

実際、武力衝突の危機は非現実的で、それよりも国交断絶による経済面への影響が大きそうだった。あらゆる貿易や取引が消滅せざるをえなくなり、天文学的な負債が生じる。アジアのみならず、世界に不況がひろがる可能性もあった。

駅の改札をでて、莉子は神田川沿いの商店街へと歩を進めた。携帯電話に着信があった。取りだしたとたん、全身に電気が走る。画面にリン・ランファンの顔写真が表示されていた。

国際電話だ。莉子は北京語で応答した。「もしもし。ランファン？」

「あ、よかった。莉子」ランファンの声が心底ほっとしたように告げた。「まだ電話が通じた。そっちはどう？　無事なの？」

「ええ……。いまのところはね。日常の風景のなかを歩いてる」

「そう。こっちは大騒ぎよ。朝から公安部が大挙して押し寄せて、ＢＩＣＣ社内の家宅捜索を始めたの」

「ど、どうしてそんなことに？」

「知財調査のために日本企業の依頼を受けてるでしょ。それに凜田莉子と関わったからって」

思わず莉子は目を閉じた。「ごめん。ランファン……」

「謝らないでよ。東シナ海でのことはニュースできいたけど、わたし信じてないから。中国にも味方がいるって、よく覚えておいて」

哀感で胸がいっぱいになる。莉子はささやいた。「ありがとう」

「ちょっと待って。シャオに替わるから」

ランファンの声が沈黙してからも、電話の向こうからかすかに喧騒（けんそう）がきこえてくる。北京語で怒鳴り合う声が耳に届くたび、莉子の胸は痛んだ。あわただしく物音も響いてくる。

シャオの声が、息を切らしぎみに話しかけてきた。「やあ莉子」

莉子はいった。「シャオさん。わたしのせいで家宅捜索なんて……」

「よせって。ランファンもいったろ。莉子は悪くないよ。そのうち、どうにかして落ち合おう」シャオの言葉が途切れた。電話口から遠ざかり、誰かに怒鳴るのがきこえる。「おい！　そんな物まで持っていく気か。ちょっと待て」

ノイズが断続的に響いた。それっきり、通話は途絶えた。

刃向（はむか）ってだいじょうぶなのだろうか。逮捕されなければいいけど……。

悄然とやるせなさを感じながら、路面に目を落とし店に向かい歩きつづけた。雑居ビルに近づくと、妙に騒々しかった。莉子はぎょっとして顔をあげた。

万能鑑定士Qの店、そのシャッター前に報道陣が待機していた。ひとりがこちらを振りかえり、驚いた顔つきになる。反応はたちまち連鎖を引き起こした。全員が莉子に向き直り、カメラをかまえ、マイクを差しだしてくる。

「凜田さん！」記者たちは口々に怒鳴った。「凜田莉子さんですね？　コメントをいただけませんか。瓢房三彩陶の件ですが……」

全身が凍りつき、足がすくむのを感じる。逃げだすに逃げだせない。莉子の背筋に寒気が走ったそのとき、人影が割って入り、報道陣の前に立ちふさがった。

小笠原悠斗だった。悠斗は報道陣を押し留めた。「待ってください。一方的な取材攻勢はよくありません」

記者たちは不満顔を覗かせた。ひとりが悠斗を見つめていった。「きみ、『週刊角川』の人だな」

「あっ」悠斗は戸惑った顔を浮かべたが、言い訳はできないと悟ったらしい。身を翻して莉子の手をとると、商店街を駆けだした。「逃げよう。急いで」

莉子は悠斗に手を引かれるまま走った。背後から怒号が浴びせられる。「週刊角川、抜け駆けする気か。待て、立ちどまれ！」

悠斗の先導に従い、莉子は路地に飛びこんだ。

まさか追われる身になるなんて。泣きたくなる思いで唇を嚙んだ。わたしはいったいどうすれば……。

KADOKAWA

莉子が悠斗に連れられて逃げこんだのは、彼の職場だった。早稲田（わせだ）通り沿いの角川第三本社ビル。エントランスには総合受付があり、警備員も立つ。それでも莉子は不安だったが、悠斗はだいじょうぶと微笑した。

彼によれば、マスコミ各社には相互不可侵という暗黙のルールがあるらしい。アポなし突撃取材はまずおこなわないし、社内への侵入もありえない。報道関係から逃れるためには報道機関。それが彼の思いつきのようだった。

息を切らしながら駆けこんだ莉子を、三階の『週刊角川』編集部は温かく迎えてくれた。細身ながら目つきのすわった白髪頭の編集長、荻野甲陽（おぎのこうよう）も気遣いらしきものをしめしてきた。莉子に椅子をすすめ、部下にコーヒーを運ばせる。

莉子は礼を口にしたが、まだ不安はおさまらなかった。窓から見下ろすと、ビルの前に報道関係者が続々と集結しつつある。木に登った獲物を根元で待つ猟犬のようだった。社内に入れない以上、莉子が外にでるときを狙うつもりらしかった。

このビルには地下道もなく、裏の通用口もない。退出は困難だった。

悠斗の同僚、ぎょろ目の宮牧拓海(みやまきたくみ)が窓辺にたたずみ、眼下を眺めている。宮牧はつぶやいた。「まったく暇な奴らだ。週刊誌記者なんてなるもんじゃねえな」

いたたまれない気持ちになり、莉子は腰を浮かせかけた。「ここにいたら、みなさんにご迷惑が……」

荻野が両手で制してきた。「とんでもない。独占取材になりますからな、おおいに歓迎です。もちろん、私たちは凜田先生の味方ですよ」

宮牧も笑顔で振りかえった。「ぜひスクープで濡(ぬ)れ衣(ぎぬ)を晴らしましょう」

不安が少しずつ和らいでいき、莉子はふたたび椅子に身をあずけた。震える声でつぶやく。「ありがとうございます……」

悠斗が莉子の向かいに椅子を引っ張ってきて、腰を下ろした。「凜田さん。身の潔白を証明するには、実際に起きたことを整理しなきゃ。洋上鑑定に宇賀神警部がいったような裏があったかどうか、検証できないかな」

「んー」莉子は熟考した。「瓢房三彩陶のほうは、しっかり下調べもしたから、はっきり日本生まれだといえるの。リウ氏や中国側がどういうつもりだったかは、先方の問題だからわからない。けど、どうも気になるのが弥勒菩薩像」

「第一回の洋上鑑定だね」悠斗がいった。

「そう。やはり日本の物だと思うけど、過去にどんな経緯をたどったのか、いまのところはよく知らない。作者不明で章楼寺に伝わってた、それだけ。深く調べれば、なにか突破口が見えてくるかも」

「なるほど。陶器のほうは怪しむべきところも残されてないから、仏像を掘りさげてみるってことだね。章楼寺ってのは……」

「福岡市の中央区六本松にあるの」

「博多かぁ。長崎から帰ってきたばかりで、また九州まで出張……」

悠斗が荻野をちらと見た。経費が認められるかどうか、編集長の顔いろをうかがっているらしい。だが荻野は無表情のままだった。

宮牧は羨ましそうにつぶやいた。「博多といえばアイドルグループの宝庫だよな。行きたいよな、博多」

「駄目だ」荻野がきっぱりといった。「HKT48とやらにうつつを抜かしてる暇があったら、自分の仕事をこなせ」

さも残念そうな顔の宮牧がこぼした。「僕のなかの旬はRev.from DVLですよ」

莉子のなかで心配が募った。「あのう……。博多に出張といっても、わたしは着替えも持ってません。マンションに取りに帰ろうにも、おそらく張りこまれてるし……」

すると、荻野が引き出しから分厚い封筒を取りだした。それを悠斗に押しつける。

「なんですか」悠斗は封筒の中身を引っ張りだし、顔面を硬直させた。「さ、札束じゃないですか。百万とか？」

荻野が野太い声を響かせた。「小笠原。おまえはデスクなんだぞ。必要と思えば出張取材も可能になる。ただし、絶対に記事をものにしろよ」

「は、はい」悠斗がかしこまって応じた。「頑張ります。あ、もちろん、凜田さんが賛成してくれればですが」

莉子はこみあげる喜びとともにうなずいた。「ぜひ」

すると宮牧が口をとがらせた。「編集長。前から思っていたんですけど、小笠原を贔屓しすぎじゃないですか。っていうか、まるで仲人みたいに小笠原と凜田さんをくっつけようとしてる気がするんですけど」

「そうだ」荻野は真顔でいった。

「えっ」莉子は思わず声をあげた。

悠斗も甲高くたずねた。「はい？」

依然として荻野はにこりともしなかった。「記者の妻が万能の鑑定家なら、編集部としてもこんなに心強いことはないからな」

莉子は呆気にとられた。顔が朱に染まるのを感じる。悠斗も耳もとまで真っ赤にしていた。だが、荻野はそれ以上何もいわず、澄ました顔でコーヒーをすするのみだった。どこまで本気かわかったものではない。

莉子は気を取り直していった。「博多に行くにしても、どうやってこのビルから抜けだせばいいのか」

荻野がまっすぐに見つめてきた。「そこは心配いりません。上の人間にも話をつけてあります。社を挙げて協力しますよ」

午前十時過ぎ。角川の社員が路上にでて、報道陣に大声で呼びかけた。「間もなく緊急記者会見があります！　弊社からみなさまの最大の関心事について、重大な発表がございます」

マスコミ関係者は目のいろを変え、ビルのエントランスに押し寄せた。会場の二階は入りきれないほどの混雑と化した。

ほどなくビルの前は閑散とした。早稲田通りは一方通行で、道端にテレビ局の中継車も停められない。関係する車両も記者の姿も、辺りには皆無だった。

莉子は女子社員から借りた私服を着て、帽子と眼鏡で変装していた。同じくスーツを宮牧と交換した悠斗とともに、がら空きのロビーから小走りに退出する。

歩道を駆けながら、莉子は悠斗にきいた。「記者会見場、満員になったんでしょう？」

「ああ」悠斗も急ぎ足のままうなずいた。「一時から、ちゃんと会見があるよ。『艦これ』に新顔の艦娘が登場する。角川ゲームスとフロム・ソフトウェアが共同でキャラ絵を発表」

「か、艦これって……。ほんとに？」

「嘘偽りなく緊急記者会見。売り上げからいっても、多くの人にとって最大の関心事なんだから、他社から恨まれたり訴えられたりする謂れはない。荻野編集長はそういってた」

「会見場で暴動が起きるかも」

「戦争になるよりましだよ」悠斗は走ってきたタクシーに手をあげ停車させた。開いたドアに莉子をうながす。「さあ、乗って。急いで」

莉子は後部座席に乗りこみながら、ガラス張りの高層ビルを見あげた。みなさんのご恩は忘れません、心のなかでそうつぶやいた。きっと難局を乗りきってみせます。

美術館

新幹線で移動しているあいだも、莉子がスマホで目にしたニュースサイトは、いずれも好ましからざる情報ばかりを伝えていた。

日中情勢は緊迫している。また領土問題が再燃し、外務省は中国への渡航を自粛する勧告をだした。中国にいる日本人の帰国も促す考えだという。

状況は悪化の一途をたどっていた。博多駅に到着してからもそれは変わらなかった。地下鉄七隈線（ななくません）で六本松駅まで行き、そこから歩いてすぐの章楼寺を目指したが、到着する直前に踵（きびす）をかえし立ち去るしかなかった。寺の境内が報道陣で埋め尽くされていたからだった。

悠斗が歩きながらつぶやいた。「まいったな。でも洋上鑑定について報道されたばかりだ、仏像の持ち主だった寺に取材が殺到するのも当然か」

莉子は困惑を深めていた。「お寺に話をきかずに、仏像について調べるのかぁ。難（むずか）

しい」

それでも博多区山王の図書館では、かつて学んだフィルターモデルの理論を実践する機会に恵まれた。山ほどある地元の美術関連の資料を前にして、書棚を眺め渡す。瞬時に注意が喚起された。背表紙に〝章楼寺弥勒菩薩像〟と記されたファイルが見つかった。

思わず笑みがこぼれる。おかげで、おおいに時間が短縮できた。

閲覧し詳細を調べる。この仏像は非公開だった時期が長く、研究者も絶無に等しいらしかった。唯一の例外は、博多郊外の箱崎にある白良浜美術館の館長、桑畑光蔵。京都市立芸術大学名誉教授でもあった桑畑は、中国が章楼寺の弥勒菩薩像を隋の物と主張する以前から、この像に惚れこみ研究をつづけていたという。寺の住職に掛けあい、実物を細部まで観察した。ただし、桑畑は研究論文を発表していない。よって仏像についてどのような見解を持っているかは、一般の知るところではなかった。

だがそれはマスコミにとっても、桑畑館長なる人物への到達は容易でないことを意味した。いまから動けば先まわりできるかもしれない。

JR鹿児島本線で箱崎駅に移動したころには、日はすっかり暮れていた。さらに路線バスで山奥に分け入り、白良浜美術館に着く。

美術館といっても外観は二階建ての屋敷そのもので、うち展示施設は一階のみのようだった。関東でいうなら、箱根あたりで見かける観光客向けの手頃な立ち寄りスポット、そんな印象でもある。この地元での役割もほぼそのあたりだろう。

正門は閉まっていて、CLOSEDの札がかかっていた。しかし館内に明かりが灯っている。従業員通用口とおぼしき小さな扉を見つけ、チャイムを押してみた。

庭先の暗がりへ現れた人影は、痩せた青年だった。縁取りの入ったスーツはホテルのドアマンのようでもあるが、この美術館の制服らしい。胸のネームプレートには〝藤柴〟とある。

鉄格子の塀越しに、藤柴はささやいてきた。「本日はもう閉館しましたが」

悠斗が切りだした。「そのう。桑畑館長にお話をうかがいたいんですが。どうしても急を要する用件でして」

藤柴はふいに莉子をじっと見つめてきた。「あれ？　もしかして……。凜田莉子さんですか？」

「は、はい」莉子は応じた。「どこかでお会いしましたか？」

「いえ。夕方のニュースで写真を拝見したので」

思わず絶句する。莉子は悠斗にささやいた。「中国政府が発表したのは名前だけって……」

「日本国内の報道機関は、もちろん凜田莉子さんが何者なのか伝えようとするよ。どこから写真を入手したのかな」悠斗は藤柴に向き直った。「テレビで観たのはどんな写真でした？　凜田さんの服装は？」

「ええと。ドット柄のインナー付きスーツで、それもシルバーで、ずいぶん派手でした。なんか、モデルのグラビアみたいだなと」

悠斗がうつむいた。『週刊角川』の表紙だ……。雨森華蓮を誘いだすときに撮ったやつ」

莉子も情けない気分になったが、それよりも焦燥が勝った。うろたえながら藤柴に弁解する。「あ、あのですね。ニュースでは瓢房三彩陶を奪ったとか、海賊とかいわれてますけど、ぜんぶ誤解にすぎなくて……」

すると藤柴が笑顔になった。「もちろん。誰も信じちゃいませんよ。美術界で凜田さんの名前を知らない人はいませんから。『モナ・リザ』事件解決の功労者だし、京都で安倍晴明の式盤を発見したお方でしょう。若いのに凄いって、うちの館長も新聞記事を見るたび感心してましたよ」

内心ほっとしながら莉子は笑ってみせた。「今回の報道、館長さんをがっかりさせちゃったかな……」

「館長は不在なんです。ずっと留守でして。あ、でも」藤柴はふとなにか思いついたように、錠を外して扉を開けた。「館長代理なら、まだ帰宅せずになかにいます。どうぞ」

莉子は悠斗と微笑みあった。博多に着いてから初めて嬉しいと感じる出会いだった。

庭を歩きながら莉子は藤柴にたずねた。「ずっとここにお勤めなんですか？」

「僕は入ったばかりです。藤柴隆平といいます。学芸員をめざして大学で勉強したんですが、いまのところ資格取得には至らなくて。ここの従業員募集を見て面接を受けて、採用されたんですよ」

「大勢働いていらっしゃるんでしょうか」

「いえ。美術館といっても見てのとおり小規模なんで、僕のほかに数名が勤めるだけです」

莉子は悠斗とともに、エントランスのなかへ通された。

展示フロアにひとけはなかった。手前のホールは吹き抜けていて、ロココ調の内装が施されていた。絵画や彫刻が飾ってあったが、営業時間を終了したからか、床に掃除機が放置してある。台車には、緩衝材にくるまれた額縁が十枚以上も重ねて積んであった。キャンバスはF４号と小ぶりだが、緩衝材のせいで厚みはばらばらだった。清掃と模様替えに入るところだったらしい。

ハイヒールの音が響いた。二階のバルコニーから螺旋階段を、若い女性が下りてくる。藤柴と同系統のレディススーツを着ていた。

女性は階段の途中で足をとめた。「藤柴君。あら？　どなたかしら」

藤柴が紹介した。「凜田莉子さんですよ、鑑定家の。それと、こちらは……」

悠斗は頭をさげた。「『週刊角川』記者の小笠原です」

すると女性は、顔を輝かせて駆けおりてきた。「あー！　凜田莉子さん。初めまして。こんな場末の美術館においでになるなんて。いろいろ大変だったんですよね。けど、あんなの嘘ですよ。中国とか何考えてんだか」

「ど、どうも……」莉子は圧倒された。年齢はわたしと同じぐらいのようだ。藤柴の同僚だろうか。

だが藤柴は、意外なことを口にした。「こちら、館長代理の倉本麻耶さん」

「……ほんとに？」莉子は思わず目を瞠った。「すごいですね。若いのに」

「万能鑑定士Ｑの店長さんには負けますって」麻耶は悪戯っぽく笑った。「学芸員の資格を取得したばかりなんですけど、恩師の桑畑館長が急遽海外に出張することになって、入れ替わりにわたしが呼ばれたんです」

悠斗が戸惑いのいろを浮かべた。「海外？　どちらへ行かれたんですか」

麻耶が答えた。「それが中国、北京なんですよ。先月のいまごろだったかな、館長から電話があって、もうでかけたから白良浜美術館をよろしく頼むとか、いきなりいわれて」

藤柴も笑いながらこぼした。「僕もびっくりしましたよ。ある日突然倉本さんが来て、しばらく館長代理を務めますってきかされたんで」

莉子は当惑を覚えながらきいた。「館長さんはなぜ北京に……？」

「さあ。ダンヒルのブランド品を身につけるのが好きだから、安く買うためとか冗談いってましたけど……」

そのとき、頭上から低い男の声が告げた。「中国の学会から招待を受けたんだ」

驚いて見あげると、口ひげを生やした厳めしい中年の顔が、冷やかにこちらを眺めていた。美術館の制服でない、ごく普通のスーツを身につけている。どこか憤りの漂うしかめっ面のまま、螺旋階段を下りだした。

麻耶が莉子に小声でささやいてきた。「猪島清仁さん。この美術館の経理担当。館長の古くからの知り合いで、開館以来ずっと勤めてるとか」

若いふたりが恐縮する人物であることは、一見して理解できた。莉子はおじぎをしていった。「突然お邪魔して申しわけありません」

一階に降り立った猪島は、ふんと鼻を鳴らして歩み寄ってきた。「実際、突然の訪問は迷惑だよ。遠路はるばるお越しのところ誠に申し訳ないが、きいてのとおり館長は不在だ。お引き取りを」

館内に沈黙がひろがった。麻耶がむっとした顔でいった。「猪島さん。おもてなしの心は美術館経営者のモットーだって、わたし桑畑館長から教えられたんですけど」

猪島は表情を変えなかった。「営業時間内にチケットを買った入館者に対してはそうだ。経理を預かる私にとって、閉館後も無駄に長く照明を灯しておくほうが、見過ごせない問題だ」

藤柴がため息をついて、台車へと歩きだした。「わかりました。作業に入ります」

すると麻耶が藤柴に告げた。「展示、ひとりでやってよ。そろそろ仕事は完全に覚えてほしいし」

「えっ」藤柴は困惑の反応をしめした。「で、でもどうやればいいのか……」

「半分を壁に飾って、残り半分を部屋にしまうだけでしょ。わかった、助言してあげるからやってみて」

「はい……。努力します」

莉子は台車に積み重ねられた額縁の、いちばん上の絵を眺めた。緩衝材から透けて見える、男性の肖像画。片手に蛇のいる杯を掲げ、もう一方の腕は書物と巻物を携える。肩には鷲(わし)がとまっていた。

聖ヨハネ。莉子は重なった額縁の数を数えた。十二枚ある。ということは……。

台車に歩み寄りながら莉子はきいた。「これ、バルトロメーオ・アンチェロッティ作『十二使徒』ですか?」

すると麻耶も近づいてきた。「ご名答! 館長が奮発して、サザビーズで落札してね。そろそろ飾ろうってことになって」

「マタイの絵が最も高価で有名ですよね」

「そう。館長もマタイだけ欲しいっていったんだけど、セット売りじゃなきゃ駄目っていわれて、泣く泣くシリーズ丸ごと購入」麻耶は何枚かの絵を取りあげては、脇にどかしていった。「ええと、どこだったかな。ああ、これですよ。マタイ」

莉子はその絵を覗(のぞ)きこんだ。緩衝材を通しても、その構図の見事さはわかる。草原に据えた机に向かいペンを走らせている、白装束の男が描かれていた。

「ほんと綺麗(きれい)」莉子はすっかり心を奪われていた。「十二枚のうち、半分だけ飾るんですか？」

「狭くてスペースないし、ぜんぶお客さんに見せちゃったら、二度来てくれないでしょ。あるていど小分けにするのは貧乏美術館の常識」

猪島が苛立ったようすで口をはさんだ。「仕事はてきぱきやる。桑畑館長はいつも徹底してた」

麻耶はうんざりした顔でいった。「はいはい、すぐ済ませますよ」

脇にどかした額縁を手当たりしだいに重ねていき、ふたたび積みあげる。麻耶は藤柴を振りかえって指示した。「庭の水撒きをやっておいて。それが終わってから展示」

「えー」藤柴は不満顔だった。「朝じゃなくいまからですか」

「気温があがってるのよ。陽が昇ってからじゃ、水が温まってお湯になっちゃって、根に悪いの」麻耶は莉子に向き直った。「待っててくれませんか。清掃と展示はすぐ終わります。館長が北京で立ち寄りそうな場所に電話して、探してみますから」

猪島が咎めるような目つきを向けてきたが、麻耶は意に介さないつもりのようだった。

莉子も気づかないふりをした。「ありがとう。お世話になります」

マタイ

螺旋階段を上りながら、莉子は悠斗にきいた。「館長さん、北京の学会からどんな名目で招待されたのかな」

「うーん」悠斗が唸った。「一か月以上も出張するなんて、よほどの案件だね。でもこんな事態だし、急がないと帰国が難しくなっちゃうかも」

二階に着いた。廊下に入ってすぐ脇に扉がある。悠斗がそのノブに手を伸ばした。

すると、背後から男の声が飛んだ。「触るな!」

莉子は息を呑んで振りかえった。猪島がつかつかと歩み寄ってきて、取りだした鍵で扉に施錠した。

猪島は莉子に向き直った。「おおかたマスコミから逃げまわってるんだろうが、この美術館は待避所じゃないんだ。用が済みしだい、さっさとでていってくれ」

それだけいうと猪島は背を向け、階段へと立ち去りだした。

悠斗がその後ろ姿に呼びかける。「倉本館長代理から、待っているよう言われたんですよ」

「ふん」猪島は立ちどまったが、振りかえりはしなかった。「彼女にも困ったものだ。金にもならん親切心を働かせるとはな。桑畑館長の指名でなきゃクビにするところだ」

「待ってるあいだ、僕らはどこにいればいいんですか？」

「廊下の突き当たりにダイニングルームがある」猪島はふたたび歩きだした。「鍵を藤柴に預けて、消耗品の買いだしに行かないとな。ったく、人手の足りないときに限って……」

猪島が螺旋階段に消えていくと、莉子は悠斗と廊下を進みだした。

行く手には、たしかに従業員専用らしきダイニングがあった。食器棚の前にテーブルと椅子が備わっている。壁にはサッシ扉がある。莉子はその扉に嵌めこまれた窓ガラスから、外を眺めた。非常階段が地上に伸びている。ここは建物の裏側で、従業員用駐車場に面していた。

猪島がひとりセダンへと歩み寄り、運転席に乗りこむのが見えた。エンジンが始動しライトを点灯する。セダンは山道へと乗りいれていった。

悠斗が椅子に腰かけた。「章楼寺の弥勒菩薩像が中国に持ち去られた。その仏像を研究していた人物も一か月前から北京に行って、まだ帰らない。偶然かな」

「いえ」莉子もテーブルについた。「なにか関連がありそう」

とはいえ、現時点では手がかりが少なすぎる。熟考に浸るには材料が足りない。とにかくいまは、桑畑館長に話をききたい。弥勒菩薩像について詳細をたずねたい。

しばし思い悩んでいると、廊下を歩いてくる音がした。莉子は顔をあげた。

藤柴が愛想よくいった。「清掃と展示、終わりました。もう下りてきていいですよ」


夜の九時をまわった。

白良浜美術館の一階、展示フロアの隅にあるデスクで、麻耶が電話をかけまくっている。北京語が達者らしく、ホテルやレストランへの問い合わせも流暢にこなす。

だがその表情は冴えなかった。受話器を置きながら麻耶がつぶやいた。「桑畑館長の常宿や、行きつけの店以外にも連絡してみたんだけど……。全然立ち寄ったようすなし。ひと月ずっと北京にいるのに、どこで何してるの」

藤柴は不安そうな顔でたたずむばかりだった。「心配ですね……」

すでに買いだしから戻ってきている猪島が、苛立ちをあらわにしながらいった。

て留守電残しときゃいい」

「時間の無駄だ。桑畑館長から連絡があるまでどうにもならんだろう。メールをいれ

麻耶が猪島を睨みつけた。「とっくにやってますよ、二週間前から。返事がないんです」

莉子は悠斗と一緒に、恐縮しながら壁ぎわに立っていた。

新たに展示された絵を眺める。『十二使徒』のうち六枚が飾ってあった。

こんな状況であっても、思わず惹きこまれる魅力に満ちた絵ばかりだった。ペトロ、タダイ、アンデレ、ヨハネ、トマス、アルファイの子ヤコブ。後光が差し、油絵とは思えないほど立体的で、いまにも語りかけてきそうだった。

藤柴が歩み寄ってきて、おずおずときいた。「どうでしょうか。僕なりに、美しいと思えるバランスで並べてみたんですけど」

莉子はうなずいてみせた。「とってもいいセンス。でもひとつ疑問が……。この六枚を選んだのはなぜ？」

「なぜって……。六枚ずつに分けて、どっちを飾るか決めただけなので」

麻耶がからかうようにいった。「ぜんぶ藤柴君がやったのよね」

「はい！　ひとりでやらせてもらいました」藤柴は元気にそう応じたが、ふと不安そ

うな面持ちになった。莉子にたずねてくる。「このチョイスになにか問題でも……?」

するとと麻耶が笑みを浮かべた。「凜田さんはマタイの絵が見たかったのよ」

「あー」藤柴は頭を掻いた。「特に意識してなかったので……。飾るだけでいっぱいいっぱいで」

デスクから抜けだしてきた麻耶が、壁の絵を眺めた。「そうねぇ。やっぱり最初に展示する六枚に、マタイが入ってたほうがいいかしら。凜田さん、ほかの絵もご覧になりますか」

さっきは緩衝材に覆われたマタイを目にしただけだった。莉子はいった。「もし見せてもらえるのなら」

猪島が難色をしめしてきた。「気にいらないな。なぜそんなことをする必要がある。桑畑館長は捕まらなかったし、客を帰らせて閉館すればいいだろ。私たちもいいかげん帰宅の時間だ」

麻耶は首を横に振った。「いくつかのホテルは、もっとよく調べてから折り返しかけるといってた。返事も待たなきゃならないし、凜田さんに鑑定してもらえるなら、こんなに有難いことはないでしょう。『十二使徒』は先月届いたけど、梱包を解く前に館長は北京へでかけた。万が一にも偽物が混ざってたら、経理としても致命的じゃなくて？」

苦い顔になった猪島が、なおも不満そうにいった。「約束もないゲストに絵を見せるのは反対だ」

「館長代理のわたしが決めたの」麻耶は階段に向かいだした。「ついてきて、凜田さん」

猪島は小声で悪態をつきながら、麻耶につづいた。藤柴も小走りに後を追う。莉子は悠斗とともに、最後に階段をのぼった。

二階に着くと、藤柴が鍵束を取りだした。手前脇の扉を解錠し押し開ける。

雑然としているかと思いきや、意外にもこざっぱりとした室内だった。パイプ椅子や書籍の山が壁に寄せてある。『十二使徒』の残りの絵は包装されたままの状態で、重ねて隅に立てかけてあった。

藤柴が歩み寄って、それらを手に取る。「緩衝材を取り払わなきゃな。……あれ。おかしいな。変だ」

猪島はじれったそうにきいた。「どうかしたのか」

しだいに藤柴の顔つきが険しくなった。額縁を何度かいじったのち、慄然とした表情で声を発した。「一枚足りない！」

麻耶が目を丸くした。「はあ？　何いってんの!?」

すぐさま猪島が駆け寄った。「馬鹿いうな。見せてみろ」

莉子は固唾(かたず)を呑んで見守った。猪島が数えあげる額縁の枚数。一枚、二枚、三枚、四枚、五枚……。それですべてだった。

沈黙が生じた。誰もが言葉を失ったせいに違いなかった。莉子は悠斗と見つめあった。

血相を変えた麻耶が額縁に飛びつく。「足りない絵はどれよ。ここにあるのは……。フィリポ、バルトロマイ、ゼベダイの子ヤコブ、熱心党のシモン、ユダ」

しばし静寂があった。麻耶は莉子に切実な目を向けてきた。「マタイがない」

雷に打たれたような衝撃が莉子を貫いた。

悠斗は室内を見まわした。「探しましょう。どこかにありますよ」

しかし、この部屋に捜索できる場所など存在しなかった。椅子や書籍の陰に油絵は隠せない。事実それらをあらためても、木片ひとつ現れなかった。扉はひとつしかなく、天井や床にも開閉できる仕組みはない。窓は内側から鍵(かぎ)がかかっていた。

麻耶がふらつきながら、莉子に近づいてきた。「凜田さん。二階にいて、なにか不自然を感じなかった？」

すると猪島が首を横に振った。「客にどうにかできた状況じゃないんだ。この部屋は私が鍵をかけた。鍵は一本しかないし、合鍵が作れるタイプでもない。私は一階に下りて、鍵を藤柴に渡した。あとはでかけてしまい、以後のことは何もわからないが……」

藤柴があわてぎみに声を張りあげた。「僕もちゃんとやりましたよ！　展示以外の六枚を二階へ運んで、部屋の鍵を開けてなかに入り、まとめてここへ置きました。その時点で五枚になってたはずはありません。絶対に六枚でした。そしてすぐに退室し、施錠したんです。室内には誰もいなかったし、ミスもしでかしてません」

麻耶が焦りのいろとともにまくしたてた。「でも絵は消えたのよ！　藤柴君のいうとおりなら、絵をどうにかしたのは藤柴君ってこと？」

「そんな」藤柴はすがるような目を周囲に向けた。「信じてくださいよ。僕が絵を隠すはずありません。盗んだところで金に換える方法なんて、何もわからないんだし」

莉子は胸苦しい圧迫を覚えた。冷えきった空気のなかに滞留する猜疑心が、人と人のあいだを行き来して感じられる。

猪島が低い声でつぶやいた。「もういちど、館内を隈なく探そう。それで見つからなければ……」

「ええ」麻耶はため息をついた。疲弊しきったまなざしで莉子を見つめてくる。「絵がなくなったのなら、警察に通報するしかない」

警察……。莉子は濃霧の森へ踏みこむような気遣わしさを覚えていた。

パトカーが駆けつけたころには、莉子は小笠原を伴って二階奥のダイニングルームへと退避していた。

階下の声は、廊下に反響し莉子の耳にも届いた。巡査の声がたずねている。それで、十二枚の絵のうち六枚を飾り、六枚を上へ運んだのは、藤柴さんってことで間違いないですか。

藤柴の声は震えていた。「は、はい。僕以外、誰も触ってません。仕事を覚えるために徹底してたので……。館長代理には、どれを飾るべきかたずねましたが、自分で決めるようといわれました。だから六枚ずつふたつに分けて、僕の好きなほうを選んで飾ることにしました」

「で、残りの六枚を階上へ持っていき、部屋にいれて施錠したと……。たしかですか」

「たしかです。っていうか飾るよりも、そっちを先に済ませたんです。絶対に落ち度はありません。一本しかない鍵も、ずっと僕が持ってました」

「なら、絵が紛失した責任は……」

麻耶の声が当惑ぎみに響いてくる。「藤柴君のせいじゃありません。鍵をかけ忘れたわけでもないんだし、ただ不可解なこととしか言いようがないんです」

巡査の声がきいた。「館内にいたのは、あなたがた三人だけですか？」

「はい……」

莉子の背筋に冷たいものが走った。悠斗も表情をこわばらせている。

指名手配を受けているわけでも、重要参考人になったわけでもない。だが中国政府から名指しで批判されたうえ、マスコミを避けてまわっている以上、警察も凜田莉子がいると知ったら事情をききたがるに違いない。悪くすれば署へ同行を求められるだろう。

麻耶はそれを危惧し匿ってくれていた。猪島の反応が気になったが、いまのところは沈黙を貫いているようすだった。

その猪島に対し、巡査が質問している。「経理担当のあなたは、どうしてたんですか」

猪島の声が低く応じた。「クルマで買いだしに行ってました。戻ってきたのは、藤柴が作業を終えてからです。二階の扉は施錠してあったし、鍵も藤柴が持ったままでした」

藤柴の悲鳴に似た声が響く。「だからって僕じゃありませんよ！」

巡査はふたりいる。少々お待ちを、ひとりがそう告げてから、もうひとりと話す声がきこえてくる。東署の刑事課に連絡して、三係を……。

悠斗がささやいてきた。「応援を呼ぼうとしてる」

まずい……。莉子はすくみあがった。本格的な捜査に入られたら、わたしたちがいることもバレる。限りなく怪しい存在とみなされるだろう。匿ってくれた麻耶たちにも迷惑がかかる。

そのとき、螺旋階段をのぼってくる靴音がした。廊下に達し、ゆっくりと近づいてくる。

動悸が異常なほどに速まっていく。莉子は緊張に全身を硬直させた。いまにも警官がこの部屋に……。

だが、姿を現したのは猪島ひとりだった。階下からは、まだ巡査たちの話し声がきこえる。

莉子は思わず安堵のため息を漏らした。

猪島が硬い顔のまま、声をひそめて告げてきた。「きいたろ。警官がぞろぞろやってくる。逮捕はされないだろうが、お互い面倒は避けたいところだ。私としても、状況がややこしくなるのはご免こうむる。きみらはこのまま、非常階段から抜けだせばいい」

「でも」莉子はつぶやいた。「藤柴さんが犯人扱いされちゃうかもしれないし……」

「きみらがいたらどうなるっていうんだ？　盗んだと自白してくれるのか？」

悠斗が小声で抗議した。「僕たちは絵を盗んでなんか……」

「わかってる」猪島が大仰に顔をしかめながら制した。「私はきみらの目の前で施錠した。きみらに窃盗が無理なことぐらい百も承知だ。だがな、この理解しがたい状況に立ち向かうためにも、招かれざる客の相手をしてる暇はないんだよ」

莉子は思い悩んだ。これ以上迷惑はかけたくない。でも、謎を解き明かせるものならそうしたい。あの藤柴という真面目そうな青年が絵を奪ったなんて、到底信じられない……。

すると悠斗が、莉子の心を察したようにいった。「凜田さん。いまこの美術館に留まったところで、警察がおとなしく話をきいてくれるとは思えない。凜田さんが隠れてたと知ったとたん、騒ぎが大きくなるだけだよ」

胸を鋭利な刃物で抉られる気がした。たしかにその状況しか考えられない。

猪島が苛立たしげに促してきた。「別れもいわず消えても、館長代理や藤柴は文句いわん。急いでくれ。いまのうちならまだバスがある」

沈黙のなか、先に動きだしたのは悠斗だった。サッシ扉に近づき解錠する。

扉が開けられると同時に、莉子は外気の流入を全身の肌に感じた。息苦しさが緩和された反面、後ろ髪をひかれる思いにとらわれる。

それでも、もう長居はできなかった。目を逸らしている猪島に頭をさげ、戸口の外へと忍びでた。

靴音を響かせないよう気を遣いながら、非常階段を下っていく。悠斗とともに闇のなかへ駆けだしたとき、美術館の正面エントランス側にクルマが滑りこむ音がした。赤色灯の閃きが、辺りの木立をさかんに明滅させる。署からの応援が到着したらしい。

悠斗が手をとり引っ張る。莉子は山道へと走りだした。小刻みな波のごとく慄きがひろがる。美術館に立ち寄ったとたん、最も高価な絵が消え、立ち去らざるをえなくなった。目に見えざる巨大な力を感じずにはいられない。

夜十時半、莉子はホテル日航福岡に偽名でチェックインした。悠斗とはあらかじめ示しあわせて、別々にフロントを訪ねた。部屋も異なるフロアにそれぞれとった。領収書の宛名（あてな）をきかれても『週刊角川』とは答えなかった。博多駅から歩いてすぐの立地、マスコミの目を警戒するのは当然といえる。

夜景に美しく映える駅ビルには、博多ラーメンの店が連なるフロアも備わっているが、外出は危険きわまりない。ホテルの二軒隣りにあるセブンイレブンでサンドウィッチを買い、それを遅い夕食にした。

テレビを点（つ）けると、どの局も報道特番を組んでいた。日本政府は夜の官房長官記者会見で、第一回の洋上鑑定において中国側に弥勒菩薩（みろくぼさつ）像を奪われた、そう公表したらしい。中国側の談話も報じられた。弥勒菩薩像は隋の時代、北京郊外の潭柘（たんしゃ）寺に安置されていた物で、日本で作られた事実などありえない。中国外交部次官はそう発言したという。

どうして中国側は見え透いた嘘をつき通そうとするのだろう。アジアばかりか全世界に混乱を引き起こすと知りながら。

莉子は携帯電話を手にとった。迷うこと数秒、電話帳データからリン・ランファンの名を選択、通話ボタンを押す。

中国政府はいずれ日中間の電話回線を遮断する処置を講ずるだろう。でも、いまではない。莉子はそう確信していた。両国のあいだで相互に渡航している旅行者、あるいは出張中のビジネスマンが帰国の途に就けるよう、一定の猶予を与えると考えられた。

呼び出し音が反復し、やがてランファンの声が応答した。「もしもし。莉子？　ちょうどよかった。やっと家宅捜索が終わったとこ」

「じゃあいま話せる？」

「ええ。公安部は帰ったから」ランファンは声をひそめてきた。「でも明日から数日は会社も休みだってさ。チョウ局長が公安部に呼びだされたの。形ばかりの事情聴取だし、たいして問題はなさそうだけど」

「そう……」

「これには何か裏があるね。莉子はなんらかの陰謀に巻きこまれたんだよ」

「同感かも。解けない謎ばかりで、ずっと不可抗力が働いてる気がする」

「いま思ったんだけど、明日やることないし、シャオと一緒にそっちへ行こうか？」

「えっ？　そっちって？」

「莉子のいる場所よ。東京。合流して知恵を絞ったほうが、何か策が見つかるかも」

たしかに、いま貴重な仲間ふたりと一緒になれれば心強い。だが、中国から日本への渡航にも制限がかかり、困難になっているはずだ。だいじょうぶなのだろうか。

莉子はいった。「わたし、いま博多なんだけど」

「博多って福岡？」ランファンは意外にも声を弾ませた。「ちょうどいい！　韓国経由で釜山（プサン）から博多へ高速艇で入国すれば、警戒も緩いはず。地元の人しか使わない交通網だし」

「ああ、そうか……。会えるなら、ぜひ会って相談したい。とても心細くて」

「わかるわよ。でも元気だして。わたしたちが力になるから」ランファンは語気を強めていった。「じゃあ、いまからシャオと打ち合わせる。朝までにメールするね」

「ありがとう。ランファン……」

通話が切れると、莉子は窓辺に歩み寄った。

淡い闇が風をはらんではためくベールのように、都市の上空をさまよい漂っている。全身を包みこむ不安の具現化した存在に思えてならなかった。いまにも無に覆い尽くされてしまいそうだ。

再会

キャナルシティ博多は凝ったデザインのショッピングモールだった。実際の川辺からは外れているが、敷地内に俗世間から切り離された特異な空間が造りだされている。人工の小川が流れ、向かいのホテルへ複数の橋が架かる。ホテルの全面ガラス張りのラウンジと、モール側から複雑な曲線を描いて突きだすバルコニーの狭間に、ラスベガスのベラージオを思わせる噴水のショーが繰りひろげられる。

日が改まって、すでにまた夕暮れを迎えていた。一帯には煌びやかなネオンが色とりどりに波打ち、幻影に等しい光景を描きだす。きのうまでの出来事が夢だったらいいのに、そんな思いが莉子の脳裏をよぎった。

けれども、現実から目を背けてはいられない。小川沿いに設けてある休憩スペースの丸テーブルで、莉子は悠斗とともに、入国したばかりのふたりと向かいあった。北京空港で別れてからさほど日数を経ていないのに、ずいぶんひさしぶりの再会に思える。

　ランファンとシャオは、北京発釜山行きの直行便と高速船を乗りつぎ、ほんの少し前に博多に上陸したらしい。ふたりとも日本のファッションには詳しいらしく、不自然さのない軽装に身を包んでいる。

　莉子はゆうべ白良浜美術館で発生した絵画の紛失騒ぎを話し、さらに付け加えた。

「桑畑館長の行方を知りたいの。北京に渡ったまま音信不通だから……。弥勒菩薩像について、わたしたちの知らない秘密を握ってるかも」

　シャオがうなずいて、訛りの強い日本語できいた。「なるほど。ほかには？」

「弥勒菩薩像は潭柘寺に安置されてたって中国政府が主張してるけど、根拠がわからない。お寺になんらかの文献が遺されてるのか、そこも知りたい」

　ランファンが莉子にささやいてきた。「じゃあ、明日にでも北京に戻って調べてみるかな。うちの会社は偽物商品の調査専門だし、要領をえないかもしれないけど……」

　莉子はすでに決意を固めていた。「わたしも行く」

　悠斗が驚いた顔を向けてきた。「えっ⁉」

　ふたりの中国人も同様の反応をしめした。ランファンがたずねた。「中国へ渡るってこと？」

「そう」莉子はうなずいてみせた。

日本にいても報道陣に追いまわされるばかりだ。息を潜めて隠れているぐらいなら、あえて火中の栗を拾いに行きたい。

するど悠斗が目を白黒させながらいった。「でも、凜田さん。中国当局が名指しで凜田さんを……」

シャオが片手をあげて悠斗を制した。「待った。政府はべつに莉子を指名手配してるわけじゃないんだ。身柄の引き渡しを日本政府に要求してもいない。ああみえて、当局もそれなりに慎重でね。まだその段階に達してないと考えてるんだろう。莉子、パスポート持ってるかい？」

「ええ」と莉子は答えた。

「悠斗は？」

「前の出張からずっとカバンに入れっぱなしだよ。とはいっても」悠斗がシャオを見つめた。「大手を振って中国旅行ってわけにはいかない。そういう状況だろ？」

「日本からの出国は、マスコミに捕まりさえしなきゃ問題ない。でも中国への入国時には、空港で身柄を拘束される可能性が高い。逮捕には至らなくても、取り調べに連行される。まず間違いなくそうなる。ただし……」

莉子はきいた。「何？」

シャオがランファンを見た。ランファンは同感だというようにうなずいた。

ランファンは莉子に向き直った。「わたしたちと一緒に高速艇で釜山へ行って、そこから貨物船の乗員として威海（ウェイハイ）に渡れば、空港よりはチェックも緩いしごまかせる手もある」

悠斗が表情をこわばらせた。「だけどそれって……密入国？」

「違うわよ」ランファンは微笑した。「BICCで偽物業者を追うとき、いろいろ便宜を図ってもらうために、税関に特別な手が打ってあるの。賄賂（わいろ）とも違うのよ。法に背かない範囲での工夫ってやつ。日本人には想像つかないでしょ？」

法に背かない範囲での工夫……。たしかにまったく推測できなかった。しかし、このふたりのことだから、まかせてもだいじょうぶだろう。莉子はそう思った。

だが悠斗はなおも心配そうにつぶやいた。「向こうに着いてからも、ホテルに泊まるのは危険が大きすぎると思うけど」

ランファンとシャオは顔を見合わせて笑った。

シャオが告げてくる。「隠れ家なら、おあつらえ向きの場所が思い当たるよ。まかせとけって。で、どうする？　悠斗も一緒に来るのか？」

悠斗は戸惑ったようすを覗(のぞ)かせたが、それも数秒のことだった。シャオを見かえして、悠斗は真顔でいった。「凜田さんが行くのなら、僕も」

莉子は嬉(うれ)しさと安らぎに、少しばかり照れくささが混じる奇妙に温かい気持ちを覚えた。悠斗を見つめて微笑みかけると、彼のほうからも自然な笑いが返ってきた。

「よし」シャオが腰を浮かせた。「まずは、洒落(しゃれ)た服とおさらばするか。貨物船で働くにふさわしい外見に変身しなきゃな」

渡航

ヤフオクドームに直結するホークスタウンモールは、キャナルシティ博多と同様に洗練された外観を誇っていた。ところが足を踏みいれると、東館の二階を中心に空き店舗ばかりが目立ち、さしずめ屋内版ゴーストタウンの様相を呈している。連絡通路にあるHKT48劇場のエントランスの賑(にぎ)わいが、まるで別世界のようでもあった。

けれども、それだけに安売り店舗がぽつぽつと入居している。中国製の低価格な衣料品を見繕(つくろ)うには、絶好の穴場といえた。唐人町(とうじん)に近づくリスクを冒すよりずっといい、シャオのそんな助言に基づく選択だった。

時間に追われ手早く選んだスウェットの上下は、二年前の製造とおぼしきヘインズのツォマオだった。莉子は情けない気分に浸った。コピー商品と知りながら身にまとうことになるとは……。

その夜は四人ばらばらに博多市内のホテルに宿泊し、翌朝また集合した。

ランファンは高さ四十センチ、幅三十センチの小ぶりなトランクを転がしていた。そこに着替えのすべてを詰めこんでいるらしい。

四人で博多港国際ターミナルへと向かった。莉子にとっては、幼いころから馴染んだ石垣島の同種の施設と、さほど変わらなく思えた。いくらか規模は大きくても、高速客船に乗るまでのプロセスはほとんど同じだった。建物のなかに土産物売り場やレストランを備え、カウンターでチケットを購入する。

出国審査ではさすがに緊張したが、やはり日本国内でも指名手配犯の扱いではない以上、問題は生じなかった。審査官が報道を見聞きしているかどうかが、運命の分かれ道にも思えたが、凜田莉子という名に特に思いあたるふしはなさそうな反応だった。パスポートに出国のスタンプが捺され、莉子はゲートをくぐった。悠斗と思わず微笑みあう。

海に伸びる桟橋を歩いて、目に映った高速客船は、まさしく波照間島に向かう安栄観光の定期便そのものだった。船内に踏みいってからは、シートの座りごこちがずっと上質なのを知った。乗客はまばらで、報道関係らしき姿はない。とりあえず難を逃れたと考えてよさそうだった。莉子はほっと胸を撫でおろした。

ほどなく出航に至る。三時間足らずの船旅は眠気を誘うほどの快適さだった。うとうとし始めたころ、ランファンがささやいてきた。もうすぐ釜山港だから。

下船して、出発時と代わりばえしないターミナルへと桟橋を歩く。日中情勢については韓国でも報道されているだろうし、気づかれたらどうしよう、またそんな不安がこみあげてくる。けれども、釜山の入国審査は博多の出国以上にあっさりと済まされた。莉子を〝海賊〟の一味とみなし警戒するのは、あくまでも中国に限られた話らしい。

釜山から仁川(インチョン)へは、さらに五時間余りの高速バスの旅だった。莉子はすっかり寝落ちしてしまった。目が覚めると、すでに陽が傾きかけていた。仁川港に着いたが、ほかの乗客たちが向かうフェリーターミナルとは異なる方向へ、ランファンとシャオがいざなった。

錆(さ)びついたコンテナが雑然と積みあがる、広いばかりの一帯へと歩を進める。割れたアスファルトはあちこち補修した痕(あと)があるが、塞(ふさ)ぎきれなかったのか亀裂(きれつ)から雑草が生い茂っている。

塩害のせいか崩れかかって見えるコンクリ二階建ての事務所で、出国手続きがおこなわれた。今度はランファンの通訳で、莉子の経験したことのない変則的な審査となった。ランファンは莉子と悠斗のパスポートを預かり、ひとり事務机へ向かって職員と話しこんだ。何度かランファンが引き返してきて、書類に記入を求めた。ハングルだったが、英語の併記があるため内容は理解できる。船舶を有する海運会社との雇用契約、船員としての資格証明書の交付申請、健康証明などだった。内心怯えながら、凜田莉子と記入する。ここで問題がなくとも、中国の到着時に本名で入国が認められるだろうか。

パスポートが返され、事務所をでてランファンとシャオに案内されたのは、埠頭に係留する大型の〝ばら積み貨物船〟だった。梱包されていない穀物や鉱石、セメントなどを貨物として船倉におさめ輸送する。クレーンとベルトコンベアがフル稼働し、積み込み作業をおこなっていた。まさしく海上の工事現場も同然だった。

乗船後、莉子は悠斗とともにその一角へと連れていかれた。甲板に設けられたプレハブ小屋も同然の粗末な部屋に、ふたりで入るようにいわれる。扉を内側から施錠し、出航を待つこと。航海中は外へ顔をださない、出歩かない。ランファンはそう釘を刺してきた。

いちおう船員として登録しながら、目的地に着くまでは作業の邪魔にならないよう、与えられた狭い空間でじっとしていろということらしかった。シャオとランファンは、船尾近くの別の部屋に赴くといった。威海までは十三時間余り、到着は翌朝になる。

そのころまた会いましょう、そういってランファンはシャオとともに立ち去った。

莉子は悠斗と一緒に、その部屋を眺め渡した。扉を閉めると、窓がないため陽の光は差しこまない。天井からさがった裸電球が照明だった。ラベルの読めない危険物らしき缶が天井近くまで積みあげられ、小さな面積をさらに圧迫している。ほかに木箱やロープ、浮き袋、救難ジャケット。かろうじて一畳ぶんの床が確保されているが、腐りかかった板張りだった。しかし、毛布が二枚無造作に置いてあるところを見ると、そこが居場所ということだろう。

どんな境遇にも耐えるつもりでいたが、こみあげる哀感を抑えられなかった。視界が涙に揺らぎ、思わず泣きだしてしまった。

悠斗がささやいてきた。「莉子さん……」

両手で顔を覆ったが、そうするうちにいっそう惨めに思えてくる。莉子は顔をあげ、無理に笑ってみせた。「冷静なのね。ふたりきりになったら、すぐ下の名前に切り替えられるなんて」

「え？」悠斗は少しばかり意外そうな顔をしたが、また控えめな微笑に戻った。「いや。意識してなかったよ」

落莫（らくばく）のなかに生じた静穏が風のように心に舞いこむ。身を震わせながらも、莉子は深くため息をついた。

その呼吸で気を取り直す余裕も、わずかながら生じた。莉子はささやいた。「座ろっか」

「そうだね」悠斗も応じてきた。

ふたり並んで、しなる床板に腰を下ろす。背後の棚にもたれかかる自由はあった。脚は投げだせないが、うずくまった姿勢でもそれなりに心が落ち着く気がする。揃って前方に積まれた缶を、意味もなく眺める。そんな時間がしばし過ぎた。

船がゆっくりと動きだしたのを感じる。港を離れたらしい。

悠斗がぼそりといった。「大変なことになっちゃったね」

「うん……」

「でもいままでも、ありえないぐらいの逆転劇を演じてきたんだから……」

「わかんない」莉子は沈んでいく思いを実感した。「今度ばかりは、どうなるか」

「……そうなんだ」

「洋上鑑定なんか引き受けなきゃよかった。わたしが瓢房三彩陶を日本生まれだと主張しなきゃ、陶器は北京に持ち帰られてそれで終わり。日中関係はいまほど悪化せずに済んだのに」

「そんなことないよ」悠斗は穏やかに告げてきた。「そのときには日本の国内世論が非難する結果になったと思うよ。弥勒菩薩像は奪われて、瓢房三彩陶は取り戻せなかった。何やってんだ、って」

「牧野さんや長峰さん、廣岡さんが批判を受ける結果になったのかぁ……。うーん。そんな気の毒な状況、やっぱり見過ごせないなぁ」

「当事者になったのは辛いと思うけど、莉子さんだから希望が持てるんだよ。覚えてる？　モナ・リザ事件で、鑑定できなくなったと思いこんだ莉子さんが、波照間島に帰っちゃったときのこと」

「きのうのことのように」莉子は鬱屈した思いを一瞬だけ遠ざけ、情動に身をまかせて微笑した。「家にいきなり悠斗さんが現れるんだもん。びっくりしちゃった」

「驚かせてごめんね。でも、あのときはどうしてもじっとしてられなくて」

「悠斗さんが怒鳴ったひとこと、いまでも忘れられない。『がっかりさせんなよ！』って」

「……本当にごめん。僕なんかがそんなこと」

「謝らないでよ。どうして悠斗さんがあんなに怒ったのか、いまならよくわかるから。……わたし、勝手だったよね。みんなに期待されてたのに、混乱して自信失って、なにもかも投げだしちゃうなんて」

静寂が訪れた。船のエンジン音が一定のリズムを刻む。籠(こ)もりぎみの反響が部屋を包んでいた。

悠斗が視線を投げかけてこなくても、うながすような意識を感じる。

莉子はつぶやいて膝(ひざ)を抱えた。「そっか……」

いまもあのときと同じだった。問題に直面したのではない、わたし自身が問題だった。

頼みごとを承諾したのなら、万難を排して全うするのを請け負ったも同然といえる。少なくとも、依頼人はそのつもりでわたしにすべてを委(ゆだ)ねている。

ほかの誰であろうと挫折(ざせつ)を余儀なくされるほどの、忌まわしいばかりの災厄に見舞われても、それを理由に投げだすことは許されない。わたしがわたしでありつづける限りは。

莉子は思いのままにささやいた。「ありがとう、悠斗さん。いつもわたしのために……」

悠斗が静かにいった。「莉子さんがいたから成長できたんだよ。もちろん、莉子さんのほうは、ずっと上をいってるけど。僕の力はわずかでも、支えられたらいいなっていつも思ってる」

互いに見つめあうことなく、ただ前方の虚空を眺めながら言葉を交わしている。けれども、心は通いあっていると感じる。過去のどんな時間よりずっと。

つぶやきが自然に漏れる。「悠斗さん。なにかききたいことない？」

「ききたいことって……」

「ひらがなやカタカナを使わない中国の人が、漢字忘れたときどうするのかって以外に」

はぐらかすような鈍感さを、きょうの悠斗はしめしてこなかった。悠斗が穏やかにいった。「そうだな。……僕のことをどう思ってる？」

「どうって……」

「つきあってほしい。これが終わったら」

エンジン音にしばし耳を傾ける。そんな時間がしばらく過ぎた。

莉子は自分でも意外なほど、落ち着いた気持ちで応じた。「はい」

そのひとことを口にしたとき、莉子のなかに安堵を伴う温かさがひろがりだした。

緊張が解け、眠気にも似た和みを感じる。

悠斗の肩にもたれかかった。瞼が自然に重くなって、眠りに落ちていくのを自覚する。

この出会いがなければ、わたしは何もかも失って故郷に戻り、モナ・リザは失われていた。わたしがいまあるのは彼のおかげだった。運命の逢着（ほうちゃく）は期せずして訪れる。自分でも気づかないうちに。そう深く実感した。

隠れ家へ

　何度か眠りが浅くなり、船のなかにいる現実を意識した。それでも時間の経過については曖昧（あいまい）だった。窓がないため昼か夜かもさだかではない。耳鳴りのようなエンジンの轟音（ごうおん）も、遊園地のフライングカーペットを髣髴（ほうふつ）させる不規則な揺れも、ただひたすらに継続しつづける。

　またしばらく眠りに落ちて、思考が途切れていたそのとき、不意打ちのように扉が騒音を奏でる。開け放たれた戸口から、眩（まばゆ）いばかりの直射が差しこんだ。目に刺さるような痛みを放つ光に、莉子は思わず顔に手をやった。悠斗も身体をわずかに起こした。

　白く爆発したがごとき輝きのなかに、誰かのシルエットが立っていた。逆光で判然としない。話しかけられた声で、ようやくランファンだと気づく。

　ランファンがいった。「莉子、パスポートだして。悠斗も」

肌身離さず携帯しているおかげで、すぐ取りだすのにも支障がない。悠斗も眠そうな目を瞬かせながら、彼のパスポートを差しだした。

　するとランファンはそれらを受けとり、戸口の外で後方にいる誰かを振りかえった。莉子は目を凝らした。人民解放軍の制服だった。こちらに背を向けているランファンと、兵士は小声で話している。部屋のなかを覗きこんできた。射るようなまなざしが向けられる。莉子はすくみあがった。

　しかし緊張はそう長く持続しなかった。兵士はランファンに向き直り、またなにか喋った。ランファンはパスポートを返却されたらしく、うなずいて「謝謝」と礼を口にした。兵士はすぐさま歩き去った。

　振りかえったランファンが、莉子と悠斗にそれぞれパスポートを手渡した。「無事、入国審査完了。もうすぐ威海だから」

　莉子は寝起きの喉に絡む声できいた。「ほんとに？　けど、スタンプ捺したようすもなかったし……」

「船員だから手続きも簡略化されてるの。いったでしょ、本名でも問題ないって。脱北者や不法就労者にばかり目を光らせてる港湾なら、真っ当な日本人に警戒心を抱いたりしない。たとえ報道で名前をきいたことがあっても、船員の名義とは結びつけられないのよ、意外すぎて。注意しろと上から命じられてもいないだろうしね。指名手配じゃないんだし」

啞然とせざるをえない状況だった。十三億人が住む超大国の、網の目のひとつを巧みに潜り抜けた。ピンポイントで攻めれば、信じがたいほどのチェックの甘さだった。BIC調査員の裏社会への精通ぶりに、舌を巻くよりほかになかった。

汽笛が甲高く響く。ランファンが扉を閉めながらいった。「下船の準備をして。間もなく接岸だから」

船を降りたのち、威海市から北京への移動は国内便旅客機だった。毎日六便が運航されているとランファンがいった。五百五十四キロメートルのフライト中、振動が激しかったのは、かならずしも老朽化した機体のせいばかりではなかった。北京に近づくにつれて気流が不安定になる。首都は厚い雲に覆われていた。断続的に生じる垂直降下にひやりとさせられながら、雲のなかに突入する。青白い稲光が窓の外に走った。それを抜けると、激しい雨が降りしきっているとわかった。

滑走路への着陸まで息が抜けなかったが、無事に着陸を果たすと、ようやく莉子は生気が戻ってくるのを感じた。北京空港の国内線ゲートを抜け、あのターミナル3にたどり着く。時間を遡(さかのぼ)ったような、奇妙な感覚にとらわれた。

悠斗が日本円をいくらか人民元に両替するのを待って、空港をでる。豪雨のなか、駐車場に停めてあったセダンの後部座席に乗りこみ、シャオの運転で市街地へと走りだした。

車内で悠斗は、百元札を二枚折りたたんで、左右の靴にそれぞれしのばせていた。

「万が一に備えて」と悠斗はささやいた。莉子は何もいわなかった。運転席のシャオと助手席のランファンも、無反応のまま前方へ視線を向けていた。

三か月の北京暮らしで、車窓に映る景色は莉子にとって目に馴染(なじ)んでいる。しかし、クルマは中心街には向かわず、郊外から西部の山脈へと延々走っていった。いつ果てるともしれない乗り継ぎの旅。さすがに疲労の極致に達していたが、莉子はもう弱音を吐くまいと心に決めていた。隣りの悠斗を見ると、顔いろを悪くしていた。クルマ酔いらしい。

一時間以上のドライブの末、山に囲まれた平野部の市轄区に乗りいれた。規模は雄大ながら、ほとんど干上がった河川域が見える。永定河だった。上流域の砂漠化による保水力低下と土壌流失のせいで、水量が極端に減少している。このていどの降雨ではいっこうに潤いを取り戻さない。

その川沿いに広がる平野に、体育館らしき建物があった。クルマはその前に滑りこんで停まった。宿に到着、とシャオがいった。

下車し、雨を避けて戸口に駆けこむ。なかはスポーツジムだった。誰もがトレーニングウェア姿で運動に興じている。

高齢者や子供が多かった。一見して裕福でないとわかる。鍛えた身体は締まっているが、痩せすぎのようでもあった。外科病棟さながらに三角巾にギブス、松葉杖、車椅子も多く目についた。建物は古く、鉄棒も平均台もぼろぼろで、卓球台は補修の痕だらけだった。

莉子はふと、バドミントンに臨んでいる中年男性に注意を惹かれた。「あれ？ あの人って……」

するとシャオが歩み寄ってきた。「僕の元コーチ、チュ先生」

「だよね？ 世界大会で有名だったチュ・シアオヨン選手」

ランファンがいった。「ここ、もぐりのスポーツジムのひとつでね。国に無許可で、元選手たちが貧しい子供たちのために運営してるの。ほかに行き場所もなくて、住みこんでいる人も多いのよ。つまり隠れ家に最適ってこと」

「へえ……」

シャオが小声でささやいた。「じつは先日、誤認でここを取り調べてね。チュ先生とか、ほかにも歴戦の勇士がいてびっくりした。僕もランファンも元アスリートだから、みんなの境遇がわかるんだよ」

悠斗は意外そうな顔をした。「社会主義国ではスポーツ選手が優遇されるってきいたのに」

「メダルをとるまでの話だよ」シャオがため息をついた。「脱落したらすべて終わり。見てのとおり、負傷して引退せざるをえなかった選手たちもいる。たとえメダルを獲得しても、人に忘れ去られたらやっぱりお仕舞い。小さいころからその道一本で育てられてるから、潰しがきかない。貧富の差が激しいこの国じゃ、都市部で就職できなきゃ食べるのにも困るありさまでね。スポーツしか知らない人たちだから、経験を活かすとなると、このかたちしかないんだよ」

莉子は気の毒に思いながらきいた。「当局に睨まれたりとかは……」

ランファンが微笑を浮かべた。「調査には警察も同行してたけど、見て見ぬふりだった。誰でも、かつての国家の英雄が冷遇されてるのはおかしいって感じてるから」

シャオは歩きだした。「だから、ここの個室に寝泊まりすれば安全なんだよ。いちど黙認された以上は、警察もとやかく言わないし。ちょうどふた部屋空いてる。こっちだよ」

なるほど。莉子はシャオにつづきながらたずねた。「この体育館は賃貸？」

「そう」ランファンが壁ぎわを指さした。「あれ見て。ダンボール箱がぎっしり。みんなで内職してんのよ。スポーツ用品の袋詰めとか縫いつけとか、下請けの仕事。もちろん正規メーカー品ばかりで、偽物なんかじゃないのよ。賃金は雀の涙。とはいっても、ここの支払いぶんはなんとか捻出できてるみたい」

ふっとシャオが笑った。「涸れ川のせいで真夏には断水するし、不便だから賃料も安くなってるんだよ。正直、建物の用途としてスポーツジムは契約違反だけど、これまた容認されてるんだな。中国じゃよくあることさ」

首から上を包帯ですっぽり覆った、少しばかり肥満した男性が車椅子を転がしていた。包帯から覗くのは目もとと口もとだけだ。莉子は痛々しく思ったが、シャオは気軽に声をかけている。部屋空いてるよね、とシャオは包帯の男性にいった。男性はうなずき、いたって愛想よく扉の連なる通路を指ししめした。

シャオは歩きながら莉子を振りかえった。「あの人は江さん。体操選手だったのに、十年前に火事で大やけどを負っちゃって夢を断念。けど、過度な心遣いはしめさなくていいよ。江さんは剽軽な人だし、ここじゃ誰もが平等だからね」

ランファンが笑った。「わたしとシャオでいつも包帯をほどいて調べるから、他人の成りすましはありえないわよ。ダンボール箱のなかも常にチェックしてる。ここに悪い人はいないけど、犯罪者がひとりでも潜りこむのは許せないから」

シャオたちはここのコーチ陣に話をつけておいてくれたらしい。間借りに問題はないようだった。莉子と悠斗にあてがわれた部屋は、いずれも六畳ほどの広さがあり、最低限の家具とベッドが揃っている。居心地も快適そのものだった。運動に伴う館内の騒音は扉を閉めても響いてくるが、貨物船のエンジン音を耳にしながら一夜を過ごした身には、森閑とした静寂も同然といえた。共同のシャワールームもあり、宿泊には過不足ない。

ランファンがいった。まずはゆっくり休んで、疲れがとれてから打ち合わせをしましょう。莉子は悠斗とともに賛成した。

部屋に入り、ひとりベッドに身を横たえたとき、やっとのことで長旅に区切りがついたことを実感した。手足を投げだして眠れることが、これほど幸せだなんて……。

ほどなく莉子は眠りに落ちた。疲労が蓄積されていたのだろう、ジムの喧騒(けんそう)もまるで気にならなかった。外の世界の出来事に頭を煩わせることもなく、ただ深い睡眠の底へと沈んでいった。

境内

目覚めたのは、鳥のさえずりの響く翌朝早くだった。莉子は一瞬、どこにいるのか見当もつかなかった。見覚えのない天井。ようやく、きのうまでの過酷な旅行を思いだす。

食事はジムのみなと一緒にとることになった。寝ぼけ顔の悠斗も食卓に加わった。夜のうちは自宅に帰っていたランファンとシャオも、私服姿で現れた。

朝食の席が、コーチ陣との初顔あわせになった。実質的な責任者である、タン・イーという初老の元銀メダリストが、温かく莉子たちを迎えてくれた。車椅子のタンは笑っていった。シャオ君たちには、摘発を見逃してもらった恩があるからね。好きなだけいるといい。よければスポーツも指導してあげるよ。

莉子たちがなぜ逃げ隠れしているか、理由をたずねてはこなかった。詮索（せんさく）もしない。そのように努めて意識しているようすもなかった。互いの事情に踏みこまないのは、ここでの暮らしには当然のことなのだろう。コーチ陣の自然体のなかに、そんな習慣が垣間（かいま）見えた。

　ジムの住みこみメンバーは、調理も自分たちでするらしい。キッチンから小龍包（ショウロンポウ）が運ばれてきた。スープには卵と海苔（のり）、海米と呼ばれる小エビが入っている。しばらくパンのひと切れすら食べていなかった莉子には、何もかもが美食の極致に思えた。とりわけ小エビの塩味が絶妙だった。

　食後、悠斗がテーブルを離れ、バスケットコートで子供たちと戯（たわむ）れだした。言葉も通じない少年らと、ずいぶん楽しげにボール遊びを繰りひろげる。

　ランファンが苦笑しながら莉子にいった。「記者より保育士が向いてるんじゃない？」

　莉子は微笑んでみせた。「コーチのみなさんへの、せめてものお礼のつもりだと思う。……心底楽しそうにしてるけど」

　するとシャオが椅子をひきずり近づいてきた。「こっちは楽しんでばかりもいられないぜ？　まだ公安部から目をつけられたわけじゃないけど、警戒するに越したことはない。四人が総出であちこち嗅（か）ぎまわるのは危険が大きい」

「同感」とランファンがいった。「きょうはわたしと莉子ででかけてみる。でも、館長の桑畑さんの行方を探そうにも、どこから手をつけていいのか」

「なら」莉子は思いのままに告げた。「先に潭柘寺(タンジョアスー)へ行きたい。弥勒菩薩(みろくぼさつ)像がそこにあったと中国政府が主張してるのなら、証拠もあるはずでしょう。ねつ造かどうか見極めないと」

空は晴れ渡っていた。雨あがりの翌日のせいか、大気汚染もそれほどではない。しかし、ＰＭ２・５対策としてマスクを身につけることが習慣化した市民にとっては、きょうのみを例外とみなすことはないらしい。おかげで、莉子のマスクも不自然に目立つことはなさそうだった。

ランファンはより用意周到だった。きょうも博多と同じトランクを転がしている。着替えやかつらが詰めこんであるとランファンはいった。ふたりでバス９３１路に乗り、終点の〝潭柘寺〟で下車する。

晋(しん)代三〇七年に建立された潭柘寺は、日本との関わりが深いことで知られる。明の時代には、日本やインドから渡ってきた僧の墓が、境内の塔林に造られた。近隣国との平和の象徴も同然の寺に、果たして現在の混乱を引き起こすような遺物があるだろうか。

風光明媚な自然がひろがる。清の乾隆帝が〝帝王樹〟〝配王樹〟と名づけた、樹齢千年以上を誇るイチョウの大木をくぐった。太行山の斜面に切り開かれた境内に歩を進める。

莉子はランファンにきいた。「復制組のほうは、何か動きある？」

「日中関係悪化の陰に隠れて話題にのぼりにくくなってるけど、あいかわらずね。総的導体のスウ・シァオジュンの行方も、ようとして知れず」

「ＢＩＣＣが休業したんじゃ……」

「そう。奴らも野放しよ。景気低迷であちこちの工場を追いだされた技術者が、福建省に集まって抗議集会を開いてる。それが復制組本体の可能性もありってことだけど……」

「その団体は組合結成を目指してるだけで、しかもまだ一万人ぐらいでしょう。復制組はもっと大勢いて、中国全土のあちこちに拠点があるはずだし」

「そうなのよね」ランファンがため息をついた。「いったいどこに潜んでるんだか……」

寺の参拝客はまばらだった。二重の瓦屋根を擁する壮麗な伽藍に向き合う。中路と左右の東路、西路の三か所から成り、左右対称に配置されていた。正面に牌楼、山門、ある。

天王殿、大雄宝殿、毘盧閣。東に方丈院と清代皇帝の行宮院。西には観音殿や戒壇が

境内の側面には、曲がりくねった城砦がつづいている。東の木立に凹んだ一角、誰も寄りつかない局所へ足を運ぶ。

ランファンが城砦の外壁を眺めまわした。「僧侶が教えてくれたのって、この辺りよね。大昔から、安置されてる仏像の記録を刻む習わしがあったって。わあ……。いっぱい刻んである。上から下まで何列もびっしり。仏像のかたちも描かれてるけど、添えられてるのは中期漢語。読むのは無理」

「でも」莉子はいった。「古代漢語に比べれば漢字の字体が統一されて、規範的な字書も作られてるから、写真を撮って専門家に見せれば解読してもらえると思う」

「だけど……。弥勒菩薩探すの大変」

「四列になってて、下にいくほど数が増えてる。カースト制度でしょう。仏様の世界も階級が分かれてる。上から順に如来、菩薩、明王、天」

「仏教はみんな平等じゃないの？」

「信者はね。仏像は格差社会なの。もともとの仏教にはお釈迦様しかいなかったんだけど、教義の広まりから、ほかにも悟りを開いた存在を認めるようになった。でも元

祖の釈迦如来がやっぱりトップ。ほかに阿弥陀如来、薬師如来、大日如来も含まれる」

「菩薩は二列目かぁ。んー。これが形状近そうに思えるけど」

「それは観音様よ。獅子に乗ってるのが文殊菩薩。象に乗ってるのは普賢菩薩、人のかたちに近いのが地蔵菩薩」

ランファンが顔をしかめた。「弥勒菩薩、ないわよ」

「弥勒菩薩は、五十六億七千万年後に如来となると決まってるから、ここでは如来に含めてるのね。でもいまのところは菩薩だから、記されるのは如来のなかでも末端。そのあたりになるはずだけど……」

莉子は言葉がつづかず黙りこむしかなかった。最上段の末尾は、ちょうど仏像一体ぶんの記載が失われている。表層が削り取られたようだ。

壁に歩み寄ったランファンが、その部分を撫でた。「断面がまだ新しい。削ったのは最近ね。酷いことする……。記述をまるごと持ち去ったのかな」

「それは無理だと思う。薄く表層だけ削り取るなんて……。痕跡もいびつだし、粉々に砕いたのよ。ただ読めなくすることだけが目的だったんでしょう」

誰のしわざだろう。よく見ようと近づいたとき、靴の底に何かを踏んだ感触があった。莉子が足もとを見おろすと、銀いろに鈍く光る小さな物があった。

それを拾いあげてみる。カフスリングだとわかった。まだ新しい。

ランファンがきいた。「どうかした？」

「スターリングシルバーのステアリング型カフリンクス。定価は四万二千百二十円と高めだから、このブランドの愛好家しか身につけない」莉子は霞のなかに彷徨いこんだ気分とともにつぶやいた。「ダンヒルの……」

複製画

境内からの帰り道、木立のなかで分岐した行く手を、ランファンが指ししめした。

「こっちのほうがバス停まで早いよ」

「ほんとに?」莉子は首をかしげてみせた。「来た道をまっすぐ戻ったほうが近そうなのに」

「露天商が連なる小道は、平日は空いてて歩きやすいと思う。先に行くから」ランファンはトランクをひきずり駆けだした。

「あ、待ってよ……」

「莉子はゆっくり来ていいから。ほんとに混んでないかどうかたしかめるだけ」

戸惑いながらも、莉子はランファンの消えていった路地へ歩きだした。石畳を踏みしめつつ、スマホを操作する。国際電話で白良浜美術館の番号にかけてみた。

呼び出し音ののち、聞き覚えのある女性の声が応じた。「はい。白良浜美術館です」

「倉本さん？　わたし、凜田莉子です」

「ああ！」麻耶の声が感嘆の響きを帯びた。「無事ですか、凜田さん。逃げられたのならよかった」

「お気遣いいただいて、本当に感謝してます。藤柴さんは……？」

麻耶の声は沈みがちになった。「だいじょうぶです。ショックだったせいか、きょうも休んでますが……。美術館としては被害届をだしてないから、警察も取り調べをせずに引き揚げていったし。経理の猪島さんは、届出をしろってうるさいけど」

「じゃあ『マタイ』の絵は……。まだ見つかってないんですね」

「ええ。盗難じゃなく紛失ってことにしてるわけだから、桑畑館長が帰るまでになんとかしないと」

「館長さんの行方はどうですか」

「依然、不明なんです。どこに問い合わせてもまるで手がかりがなくて」

「カフスはどんな物を愛用してましたか」

「え？　カフス……」

「藤柴さんがいってたんです。館長さんは、ダンヒルのブランド品を身につけるのが好きだって」

「あー……。見たことありませんけど、そんな高級品じゃありませんでしたよ。どこかのパーティーに出席する前に、コンビニで買ったときいてます」

「へえ。どこのコンビニですか」

「待ってください。経費で落ちる落ちないは措いといて、とりあえずレシートはぜんぶこっちで預かってるはずなので」パソコンのキーを叩く音がした。麻耶の声がいった。「ファミリーマート、銀座三越店ですね。さすが銀座、コンビニにカフスなんて」

「ブランドはわかりますか?」

「さあ。レシートの品名にはカフスとしか……。値段も千九百円ですね」

もやもやする失意とともに、莉子はつぶやいた。「そうですか。もし館長の居どころが判明したら、すぐご連絡いただけませんか。メールで結構ですよ。折り返しかけますから。メアドは万能鑑定士Qのブログに載ってます」

「わかりました。でも、館長は北京のどこかですよ。凜田さんが場所を知ってもどうにもならないんじゃ……」

「いえ。すぐに駆けつけられる距離にいますから。それじゃまた」

はあ。呆気にとられたような麻耶の反応を残し、莉子は通話を切った。

露天商通りに入ると、ようやくランファンの背に追いついた。たしかに往来は少なく歩きやすい。店を開けていないスペースも目立つ。平日に加え、日本人観光客がすっかり途絶えているせいもあるのだろう。

通り抜けるべく足ばやに突き進む。そのとき、莉子ははっとして立ちどまった。靴音が途絶えたのに気づいたらしい、ランファンが妙な顔で振りかえった。

莉子は愕然（がくぜん）としていた。露天商のひとつ、軒先に絵が並んでいるのを視界にとらえたからだった。

『モナ・リザ』が十数枚ある。印刷ではなく、人の手でていねいに仕上げられた油絵とわかった。ムンクの『叫び』も七、八枚が並んでいる。ほかにフェルメールの『真珠の耳飾りの女』、ミレーの『落穂拾い』、ゴッホの『夜のカフェテラス』も存在した。どれもクオリティは本物と見紛（みまが）うばかりだが、絵の具が真新しい。描かれてさほど年数を経ていないのは一目瞭然（いちもくりょうぜん）だった。

もっとも、莉子が衝撃を受けたのは、それら絵画のためではなかった。

ランファンが横に並んで、平然といった。「大芬（ターフン）村の複製画でしょ。中国のどこの露天商でも扱ってるわよ」

「違うの」莉子は震える声で訴えた。「問題はあれよ」

ほかの絵画の知名度と比較して、この場にあるのが不自然な一枚。草原に据えた机に向かいペンを走らせる、白装束の男。バルトロメーオ・アンチェロッティ作『マタイ』、その複製だった。

贋作村

またもや北京空港へと向かい、正午前には国内線ロビーの待合椅子に座ることになった。

きょうも飛行機に乗るなんて思わなかった、ランファンはそう愚痴をこぼしたが、莉子は黙っていた。わたし自身、あれだけ苦労してたどり着いた北京を、こんなに早く離れるとは予想もしていなかった。むろん、きょうじゅうにまた帰ってくるつもりではあるが。

ほとんど路線バスの乗客も同然の、まるっきり着飾らない人々に紛れ、年季の入った中型旅客機に乗りこむ。

晴天だけに、きょうのフライトは安全そのものだった。三時間の飛行で大陸を南下し、広東省の深圳へと到着した。

香港の新界と接し、経済特区に指定されている深圳は、中国でも屈指の国際都市だった。北京よりずっと近代的で豊か、金融センターの超高層ビルも天を突く。だが、莉子にとって用があるのは中心街ではなかった。

そこから地下鉄竜崗線で郊外へ向かう。午後三時過ぎ、竜崗区布吉街道に位置する大芬村に入った。

村とはいえ、深圳の無秩序な拡大開発に取りこまれ、すでに田畑は消えていた。わりと近代的ながら味気ない市街地がひろがる。やけに目につくのは画商だった。個人のアトリエで作品を売ったり、たんなる家屋にもかかわらず絵画を並べたりするケースも見受けられる。

三十年近く前、香港で複製画の製造と販売を生業にしていた黄江という画商が、より家賃の安い土地を求め、この大芬村に拠点を移した。当初、黄江が引き連れていた職人は二百人ほどだったが、いまでは千人に拡大している。中国のバブル経済により、絵画需要が高まる恩恵を受けたからだった。西洋油絵のコピーを飾ることが、一種のステイタスとして流行した。

以来、ここは贋作村の異名をとる、複製画の量産地となった。職人たちは、毎日のようにひたすら絵画のコピーを生産しつづける。彼らは画家にあらず〝画工〟と呼ばれていた。この村で画家の称号を得るには、深圳市の公募展で三回の入選を果たさねばならない。画工から画家に昇格すると、専用住居に相場の三分の一の家賃で住める特典がある。

　画工と画家が住民のほとんどを占める、それが大芬村だった。過去には贋作販売で裁判沙汰になることも多かったが、最近では自治体の監視が強化され、オリジナルの画家のサインまで模写するなど違法な複製画を売れば、容赦なく摘発される。ＢＩＣの調査員もときおり立ち寄り、警戒にあたる区域としていた。もっともランファンによれば、ここの自治体にも賄賂は存分に通用するらしい。

　ランファンの提案で、ふたりで手分けして探すことにした。やはり『モナ・リザ』が多く目につく。いまのところ『マタイ』は発見できない。

　十分ほどあちこちをめぐって歩きつづけた。莉子ははっとして立ちどまった。『マタイ』が売られている。軒先に飾ってあった。その店に限った話ではない。隣りや向かいの店にも同じ絵があった。

　不自然きわまりないと莉子は思った。『マタイ』は有名な絵画とはいえ、『モナ・リザ』や『叫び』ほどの人気作ではない。『十二使徒』のほかの絵が一枚たりとも存在しないのも変だ。

　大芬村の複製画も、このところ品揃えがマンネリで、売り上げが芳しくないときく。

どの店でも新しい作品を扱いたがっている。しかし、画工が美術名鑑のグラビアページをもとに描いても、複製画は低い完成度に留まる。

そんな状況下、この村に本物の『マタイ』が舞いこんだ。本物を手本に模写したそうに違いない。

問題はどこに本物があるかだ。のんびり訪ね歩く時間はなかった。一時間以内に空港に戻らねば、北京への日帰りは果たせない。焦りばかりが募った。

だが莉子はふと、ひとつの可能性に気づいた。短期間にこれほど爆発的な複製の制作がなされた以上、すべての画工が真作を手本にしたわけではなかろう。複製を手本にして別の画工が複製を描き、そこからまた複製が生まれる。店先の『マタイ』の出来栄えは千差万別だった。本物を参照したかどうか、よく見ればわかる。

機械同様、人の手であってもコピーの繰り返しは劣化となって表れる。描き損じた部分や、配色がうまくいかなかった部分は、それが複製にも反映されてしまう。よって、質の低い『マタイ』を飾る店から排除していけばいい。

村のなかを駆けまわりながら『マタイ』を探す。大通りにも路地にも絵の展示があった。五枚目、六枚目の『マタイ』を見つけた。

ここでもフィルターモデルがものをいった。ポイントを絞りこみ、ほとんど無意識の判断にゆだねる。反射的に複製画の出来を点数で弾きだしていく。細部の描きこみが足りないので七十二点、より粗雑さが目立つから六十五点、色合いが優れているゆえ八十一点……。

そのうち、南西の方角を辿っていくと『マタイ』の完成度が上昇することに気づいた。だが一本の路地を挟んで、その先はまたクオリティが少しずつ下がっている。捜索範囲をその路地に絞り、店をめぐっていった。すでに八枚か九枚の『マタイ』を見つけた。

やがて、本物とうりふたつの『マタイ』が目に飛びこんできた。まぎれもなく九十九点……。一点の減点理由はむろん、本物ではないことだった。

民家の軒先が店舗に改築してあった。奥にアトリエもあるらしい。莉子は経営者の老婦に声をかけたが、北京語は通じなかった。ここの方言は広東語だった。発音がまるで違うため意思の疎通が難しい。

困り果てていると、ランファンが莉子を見つけたらしく合流してきた。彼女は広東語にも堪能だった。BICC調査員の証明書を提示し、事情を説明する。老婦は渋々ながら、店の裏に案内してくれた。

狭い裏庭は屋外の工房になっていた。老婦の息子が画工らしい。彼の指さす先に

『マタイ』がイーゼルに立てかけてあった。あきらかに贋作とは異なるオーラを放つ。

莉子はルーペを取りだし、絵の隅々までを観察した。アンチェロッティ特有の繊細さを備えた筆致、年季の入った絵の具とキャンバス、画家のサイン。昂揚する気分とともに、スマホのタッチパネルに指を走らせる。白良浜美術館へ国際電話をかけた。

応答した倉本麻耶に、莉子は連絡した。本物の『マタイ』が見つかりました。

「ほ」麻耶の声は悲鳴に等しかった。「ほんとですか!? いったいどこにあったんです?」

「大芬村です」

「えっ? 凜田さん中国にいるんですか。いつの間に……」

「そんなことはいいから。問題は、絵がなぜここにあるかです。村じゅうに複製画が売られてて、北京の露天商にまで入荷してる。ほんの数日でここまでの拡大は無理。少なくとも一か月はかかってるはず」

「でも」麻耶の声がつぶやいた。「美術館から絵が消えて、まだ四日しか経ってないのに」

「そこなんですけど……。美術館にあった『十二使徒』、わたしが訪ねた夜に初めて梱包を解いたんですよね? 緩衝材ごしにうっすらと見えてただけだし、ひょっとしたら『マタイ』は偽物だったんじゃないでしょうか」

「偽物⁉　まさか。サザビーズで落札したんですよ」

「届いたあとで偽物に入れ替えられた可能性もあります。もし館長さんが北京に渡ったとき、本物の『マタイ』を持っていったとしたら、時期的には合致しますね」

「か、館長が大芬村に『マタイ』を売ったっていうんですか？　美術館にあった『マタイ』を、偽物にすり替えて？　いったいどうして？　『マタイ』が偽物だったとして、あの晩どうやって二階の部屋から消えたんですか？」

「そのあたりのことは、まだわかりません……。とにかく、ここに本物があります。どうしますか。ほうっておくと転売される危険があります」

「ただちに飛んでいきたいですけど、渡航自粛勧告がでてるし……。凜田さん、なんとか絵を押さえられませんか。お願いです、このまま手放すわけにはいきません」

「……わかりました。努力してみます」莉子はそういって通話を切った。

ランファンが広東語で老婦に告げた。老婦はやはり広東語で返事をした。議論はたちまちヒートアップし、画工の男性も加わり、騒々しい早口の応酬へと発展した。

莉子は困惑しながらランファンにきいた。「なにを話してるの？」

「どこの誰から買ったかきいたのよ。でも、この手のヤバい品物はたいてい業者をひとりふたり挟むから、あんまり意味のない質問だった。本当の売主は、この人たちも知らないみたい。価格もいいたがらないけど、どうせ二束三文でしょ」

「いくらなら売ってくれるかしら」

またランファンが老婦たちに話しかける。画工が答えると、ふたたび声が大きくなった。やはり白熱した激論となり、物言いもほとんど怒号と化す。ランファンがBICC調査員の証明書を振りかざし、ひとこと怒鳴った。老婦と画工はふいに押し黙り、苦々しい顔でぼそりと返事した。

莉子はきいた。「なに？」

ランファンはため息をついた。「警察を呼んで店をまるごと取り調べるといったら、ようやく引き渡しに応じてくれた。よかったね、莉子。『マタイ』回収に成功」

……微笑は浮かぶものの、どうもすっきりしない。どういう経緯でこの店に持ちこまれたのか、事情を知りたかった。けれども、まずは絵画そのものを確保するのが先だった。

イーゼルの上にある絵に手を伸ばしたとき、画工がなにか話しかけてきた。

困惑顔でランファンが通訳する。「絵はヤバそうだから引き渡すけど、嵌(は)めてあった額縁は買い取ってくれ。……そういってる」

妙な申し出だと莉子は思った。「額縁って……。どうして？」

すると画工は、塀に立てかけてある雑多な物のなかから、ちょうど『マタイ』がおさまりそうな額縁を取りだしてきた。画工が広東語で喋(しゃべ)る。

ランファンが真顔になった。「変な物が入ってたから、手もとに置いときたくない。でも絵を失っただけじゃ損だし、やっていけない……って」

莉子は画工を見つめた。「変な物？」

画工が額縁の内側に指を這(は)わせた。切りこみがあったらしく、切手大の物体がつまみだされる。二テラバイトのＳＤＸＣメモリーカードだった。

犯罪計画書

門頭溝区の永定河沿いに戻ったのは、その夜遅くになってからだった。

帰路の途中で電話をいれて、心配いらないと伝えてあったものの、きっと戻るのを首を長くして待ちわびているに違いない……。ランファンは到着するまで何度も莉子にそう主張してきた。ところが、そんな彼女とともに体育館のエントランスを入ると、待っていたのはなんとも呆れた光景だった。

子供たちが歓声をあげてバスケットボールのコートを走りまわっている。けさより人数が多い。その中心となっているのはコーチ陣ではない、小笠原悠斗だった。

莉子は唖然としてそのようすを見守った。いつの間にやら、身体にぴったり合う専用のウェアを提供されたらしい。満面の笑いとともに子供たちとボールを奪いあう。

車椅子のタンがやってきて、さも嬉しそうにいった。「小笠原君は本当にいい人だ。見てください、近所の子たちもみな集まってきて、しかも帰りたがらない。ジムがこんなに明るくなったのは初めてですよ」

ランファンは開いた口がふさがらないといった表情で、莉子にささやいてきた。

「戦争になっても、彼だけは生き延びていられそう」

莉子は顔をしかめてみせた。「悪い冗談」

そのとき、シャオが小走りに駆けてきた。「ランファン。莉子。遅かったな」

するとランファンがぶっきらぼうにいった。「大芬村がどれだけ遠いか知ってるでしょ。ここのパソコン、SDXC対応だっけ」

「去年買ったばかりのやつだから、だいじょうぶだと思う。どうかしたのか？」

「怪しげな物証」ランファンはSDXCメモリーカードを取りだし、シャオに手渡した。

シャオの顔つきが変わった。カードを受け取り歩きだす。「さっそく見てみよう」

内職用のダンボール箱が堆く積みあげられた壁の向こう、事務用のスペースで、シャオは机に向きあった。ノートパソコンのスロットにメモリーカードを挿入する。

悠斗がタオルで汗を拭きながら近づいてきた。「莉子さん、おかえり」

ランファンはまた呆れ顔になり、日本語で告げた。「スポーツインストラクターの就労ビザ、頼んであげようか」

えっ。悠斗は眉をひそめた。莉子は苦笑するしかなかった。

シャオがいった。「開いたぞ。いくつもフォルダがあるな。こいつは何だ……？」

フォルダのひとつにカーソルを合わせクリックする。さらに無数のファイルが出現した。そのなかの一個を選択し開く。

画像は複雑な設計図で、3D式のワイヤーフレームで立体的に表現されている。とはいえ、外観はただの電気式アイロンや携帯電話、カメラに見える。

だが、いずれにも小さなチップを内蔵する設計だった。別のファイルには、それらチップの構造があきらかにされている。ソフトウェアのプログラムを記したテキストファイルも見つかった。

莉子はつぶやいた。「有効範囲は半径五十メートルていど。暗号キーなしで接続できるWi-Fiを利用してるパソコンに侵入して、ウイルスをまき散らす仕組み」

「あー」ランファンが冷やかな面持ちになった。「会社のネットワークに侵入して、スパムメールを大量送信させるカラクリね。この手の家電、北京市内でも次々に発見されてる。復制組のコピー商品に内蔵されてることが多い」

シャオはマウスを操作しながらいった。「たぶん復制組は、スパムメールのクライアント企業から金を受け取ってるんだろうよ。それとこっちのフォルダは……」

中身が確認される。ファイルごとに化学式や、薬品工場での生産過程や出荷量の推移、複雑な搬送方法などが記録されていた。

ランファンが眉間（みけん）に皺（しわ）を寄せた。「変な輸送ルートね。香港の工場で精製した薬物を、西九龍中心（ドラゴンセンター）内の事務所にいったん運びこんでから、上海へ空輸させてる。ドラゴンセンターって、十代の若者向けの店ばっかりの大型商業ビルよ。なんでそんなとこを経由するんだか」

莉子の脳裏に浮かぶものがあった。さっきの化学式。Ｎ－（１－アダマンチル）－１－ペンチル－１Ｈ－インダゾール－３－カルボキサミド。すなわち……。

「ＡＰＩＮＡＣＡ」莉子はつぶやいた。「カンナビノイド受容体でアゴニストとして働く受容体作動薬。別名ＡＫＢ48」

「えっ？」悠斗が驚いたようすで見つめてきた。「ほんとに？　そんな名前の薬物が……」

「あるのよ。脱法ハーブ、合成カンナビノイドの成分のひとつ」

シャオが額に手をやった。「なるほどなぁ……。香港のドラゴンセンター六階にＡＫＢショップがある。同じビルからの配送にすれば、アイドルグッズと見なされて日本から香港への上陸時に検閲済みと錯覚させられる。中国の国内便での輸送中に不審がられるリスクが減る。たとえ発覚しても、品名の一致は故意でなく偶然と言い張れば罪には問われない」

莉子はうなずいてみせた。「警視庁の宇賀神警部もいってた。复制组(フーヂーズー)はAPINACAを調達して脱法ハーブを作りだし、販売してるって」

ランファンが身を乗りだしてパソコンを見つめた。「ってことは、これ复制组(フーヂーズー)の犯罪計画書? どうして額縁のなかに……。美術館の館長さんが関わってるの?」

なんともいえない。莉子は無言で熟考した。『マタイ』の絵を持ちだし中国へ運んだのが桑畑館長だったとしても、額縁は別の人間から提供されたかもしれない。絵を大芬村に売ったのも本人とは限らなかった。

シャオがパソコンを操作しながらいった。「こっちのフォルダは……。なんだ? いきなりイラストが二枚でてきたぞ。夜と昼の人物画。背景に浮かぶ月と太陽に、それぞれ×印がつけてある」

莉子は頭に浮かぶままにつぶやいた。「〝背景〟の二文字から〝月〟と〝日〟を取り除くのよ。〝北京〟になる」

「あー」ランファンがぽかんと口を開けた。「なるほど。このフォルダは北京に関する情報ってことね」

にやりとしたシャオがマウスをクリックする。「莉子はいつも冴えてるな。待てよ。……おいおい、まずいぜ。とんでもないものがでてきた」

ランファンも表情を険しくした。「出光ラボラトリー株式会社資料……？　グローグンファクターZ。大変。例の次世代ガソリン研究所の見取り図だわ。貯蔵庫の構造も」

ぞっとする寒気が全身を覆う。莉子は画面表示を眺めた。

計画書とおぼしきファイルには、四リットルのサンプルが入手できれば再現が可能という、専門家の所見が添えられていた。出光ラボラトリーの社員のコメントとは思えない。複製を生みだそうと画策する側の見立てだろう。事実、その下には〝サンプルを盗みだしたのち爆発事故に見せかけ証拠隠滅〟、そうはっきり記してある。

シャオが目を瞠った。「まさか、先日の爆発か。複製組はもうサンプルを入手済みってわけか」

ランファンは首を横に振った。「研究所の爆発は、まだ原因が特定されてないわよ」

だが、フォルダの中身は悪い予感を裏づけるものばかりだった。身の毛もよだつような化学反応式と、その検証リポートが記されたファイルが見つかった。

引火性液体のグローグンファクターZに、ディソジンと名づけられた酸化性液体を混在させ、爆発に至らしめる手順。まずグローグンファクターZを六割、ディソジンを四割の混合液を一時間放置すると、シオクロームなる生成物と化す。このシオクロームの五分の一にあたる量のグローグンファクターZおよびディソジンを、シオクロームと混合させ、さらに一時間空気に晒(さら)す。これにより急激な化学反応が起き水蒸気爆発が発生する。ただしシオクロームの総量が二十リットル以上なければ、証拠を跡形もなく吹き飛ばすほどの破壊力は得られない。

シャオは顔をしかめた。「ありえないな。貯蔵庫の隔離容器に別の液体を注ぎこんだら、センサーの記録に残るだろ。それも大量に、二回に渡ってだなんて。警報は鳴らなかったし、爆発の直前まで異常はなかった。そう報道されてる」

ランファンがシャオを見つめた。「復制组(フーヂーズー)は警察にまで仲間がいるのよ。研究所内にメンバーが紛れてなかったとも限らない」

「だけど、機械は誤魔化(ごまか)しようがないじゃないか」

莉子はマウスに手を伸ばした。「貸して」

別のファイルを開いてみる。そこにはまさしく、貯蔵庫の管理について詳細にわたる調査結果があった。

サンプルの隔離容器はぜんぶで八つ。八卦(はっけ)にちなんで乾(チエン)、兌(トウイ)、離(リー)、震(ツン)、巽(シュン)、坎(カン)、艮(ケン)、で、狭い貯蔵庫に正方形をなして並んでいる。いずれもそれぞれに七リットルの容量を持つチタン製の円筒容器に蓋はなく、正確に一リットルずつの汲み上げと注入を瞬時に果たす装置を備える。よって液体の移送も可能だが、リッター単位でしかおこなえず、それ以下に小分けはできない。さらにセンサーが常に残量を記録しつづけている。

八個の容器には、いずれも三リットルずつグローグンファクターZがおさまっている。五分おきにセンサーが起動し、容器三個ごとに合計九リットルの液体が増減なく保たれていることを確認する。センサーはぜんぶで四基。第一センサーが巽、離、坤を見張る。第二センサーは艮、坎、乾を、第三センサーが震、巽、艮を監視。そして第四センサーは兌、坤、乾をチェックする。

シャオが苦笑を浮かべた。「こりゃ無理だ。どのセンサーも、たとえ一ミリリットルでも増えたり減ったりすれば感知すると書いてある」

ランファンもほっとしたようにため息をついた。「五分間の隙を突いて、リッター単位でグローグンファクターZを抜いて、そのぶんディソジンを注入したとしても……。化学反応は引き起こせない。とりわけ二回目の比率なんて、絶対不可能。生成物のシオクローム二十リットル、さらにグローグンファクターZとディソジンを追加だなんて。センサーが見張ってるのに、合計二時間も放置できるわけないでしょ」

悠斗が腕組みをした。「たしかに実現できそうにないけど、それにしても研究所の爆発事故が気になるよ」

莉子はふと妙な感触を覚えた。ファイルを閉じてからフォルダを右クリックする。プロパティをたしかめてみた。

とたんに周りの温度が下がったかのような寒気を覚える。莉子はつぶやいた。「これ見て」

シャオやランファン、悠斗が固唾(かたず)を呑(の)んで画面を見つめた。慄然(りつぜん)とした反応がひろがる。

〝计划已执行(チーホワイーツーシン)〟という項目にチェックが入っていた。計画実行済み、そう訳せる。日時は四日前の未明。出光ラボラトリー北京研究所で爆発事故が起きた日だった。

深夜二時を過ぎると、体育館内は消灯になる。家がなく住みこみの生活をしている元アスリートや子供たちも、個室や大部屋に散りぢりになり、すっかり寝静まっていた。

夜間の状況を、莉子はきょう初めて知った。きのうと違い、一睡もせず机に向かいつづけている、そのせいだった。

図と数字を書き散らしては、スペースがなくなるとページを繰る。反復する作業のなかで、わずかに光明が投じられたかと思えば、突き詰めて考えるたび、同じ壁に行き着いてしまう。

莉子はため息をつきながら目をこすった。解けない謎が山積みになるばかりだった。せめて、複製組（フーダーズー）が立案し実行に移した計画の全貌（ぜんぼう）は、白日のもとに晒したい。しかし、どうにも不可能に感じられてならない。複製組（フーダーズー）は本当にサンプルを盗みだせたろうか。複製を作りだすのに必要となる、四リットルものグローグンファクターZ。汲み上げてセンサーが無反応のままだったとは、到底信じがたい。

机の上に置いたラジオのボリュームは絞ってある。北京語のニュースがかろうじて耳に届いた。

日本が複製組（フーダーズー）なるコピー商品製造団体のせいで、年間二兆円の損害に遭っていると国際社会に訴えた。ラジオはそう告げている。日本政府として明言するのは、初めてのことに違いない。中国政府は批判しているという。いまになってそのような話を持ちだすのは、洋上鑑定において日本がついた嘘から世論の目を背けさせるためだ、と……。

最初の洋上鑑定で、中国海警局の監視船〝海監51〟を用いたのは間違いではなかった、そんな論調もあった。もし民間船で臨んでいたら、日本側がどのような暴挙にでたかわからないからだ、そう告げている。もはや相互不信の溝は埋められないほどに拡大していた。

事態は逼迫(ひっぱく)している。どうして両国ともに、こんなに冷静さを欠く状況へ発展してしまったのか。連鎖する不可解に終止符を打ちたい。

このうえグローグンファクターZの複製品がでまわったりしたら、日本の中国に対する反発は決定的なものになる。実際、日本経済は復興の決定打を失い路頭に迷うだろう。なんとしても最悪の情勢は回避せねば。

時計に目を向けるたび、驚きを禁じえない。時間の経過が速い。莉子は悶々(もんもん)と考えあぐねた。手にしたボールペンもとまりがちになる。思いついた切り口をしばらく追っては、断念せざるをえなくなり、ただ悲嘆に暮れる。

いつしか窓の外が明るくなり、館内からはボールの音が響いてくるようになった。子供たちの賑(にぎ)やかな声もきこえる。早くも起きだしたらしい。

時が飛ぶように過ぎていく。七時。八時。九時……。市街地でも誰もが働きだしているころだろう。日常から切り離されたうえ、なにひとつ世の役に立てない。こんなにもどかしいことはなかった。

ふと、莉子の脳裏に自分の声が反響した。切り離す……。

思いついた考えを数値に変えて書き綴(つづ)っていく。すると、ペンの速度がどんどん増した。

ノックの音がした。ほとんどうわの空で、どうぞと応じる。

扉が開いて、悠斗が顔を覗(のぞ)かせた。「莉子さん。朝食の時間だよ」

「できた！」莉子は思わず叫んで立ちあがった。

悠斗が目をぱちくりさせた。「で、できたって……？　何が？」

莉子は時計を見やった。もう午前十時近い。昨晩、ランファンとシャオはそれぞれ自宅に帰った。けさは何をしているだろう。ＢＩＣは営業を再開しただろうか。いずれにしても、ふたりが体育館を訪ねるのを待っていたのでは、時間の浪費にしかならない。莉子はスマホを取りだしながらいった。「でかけてくる」

「外出するの？」悠斗はいった。「なら、僕も一緒に行くよ」

推理

ＢＩＣはけさから通常業務に戻っていた。むろん莉子は本社を訪ねられない。よってランファンとシャオに会うのは、会社から近い正陽門前のカフェテラスとなった。毛主席紀念堂の南、曇り空にそびえる四階建ての矢倉。霞（かすみ）のかかったシルエットを見あげながら、莉子は悠斗とともにテーブルについた。

先に待っていたランファンとシャオは、ノートパソコンを準備していた。シャオが画面をこちらに向けながらいった。「電話で頼まれたとおり、大急ぎでシミュレーション・プログラムを組んできたよ。八つの隔離容器に、三リットルずつがおさまってる。汲み上げと注入は一リットル単位でおこなえる。センサーは四基で、容器三個ずつ九リットルの残量を五分おきにチェック。すべて条件どおり」

「さすが」莉子は満足とともにつぶやいた。「仕事が早い」

画面に八個の容器を表す円筒と、容量が数字で表示されていた。すべて三になっている。液体の移動はカーソルでおこなえる仕組みだった。時間の経過もデジタルで表示される。

莉子はタッチパッドに指を這わせた。「研究所内に複製組のメンバーが潜りこんでいたとする。センサーが働く合間の五分間に、まず必要な四リットルのグローグンファクターZを盗みだす」

ランファンが怪訝そうな面持ちでいった。「そんなことしたらセンサーが……」

「いいから。まあ見てて」莉子は操作を開始した。

離、震、兌、坎から一リットルずつを抜いて、持ち去り用の容器に移す。つづいて、やはり離、震、兌、坎から一リットルずつ汲み上げ、巽、坤、艮、乾に振り分けた。乾四、兌一、離一、震一、巽四、坎一、艮四、坤四。そういう結果になった。

作業を終えたころ、五分が経過した。センサーが確認に入る。第一センサー、巽、離、坤。合計九リットル、OK。第二センサー、艮、坎、乾。合計九リットル、OK。第三センサー、震、巽、艮。合計九リットル、OK。第四センサー、兌、坤、乾。合計九リットル、OK。

チェック完了。〝没有异常〟と表示された。異常なし。

ランファンとシャオが揃って感嘆の声を発した。

悠斗も目を輝かせていった。「すごい！　センサーをクリアしたよ」

シャオも信じられないという顔になった。「マジか。四リットル減ってるのに、どのセンサーも九リットルを検知……。こんな方法があったなんて」

莉子はすぐに次の操作に移った。「また五分の猶予があるから、証拠隠滅の作業に入るね。ええと……」

乾四、巽四、艮四、坤四から、二リットルずつを兌、離、震、坎に移し替える。つづいて、手持ちの酸化性液体ディソジンを、やはり二リットルずつ兌、離、震、坎に注入する。これで乾二、兌五、離五、震五、巽二、坎五、艮二、坤二の表示になった。

また五分が経ち、センサーのチェックが実施された。四つのセンサーはいずれも、三個の容器ずつ合計九リットルを検知した。異常なし。

ランファンが笑顔になった。「まるで神業！　こんなこと実現できるなんて」

莉子はまだ気を抜いていなかった。「兌、離、震、坎はいずれも、グローグンファクターZの三リットルにディソジンが二リットル混ざって、割合は六対四。このまま一時間置かなきゃ。時計進められる？」

シャオがキーボードに手を伸ばした。「もちろん。ほら、ESCを押せば時間が早く進む」

一時間後まで早送りされ、また通常の時間経過に戻る。容器四つの中身の色が変化して表示された。シオクロームなる生成物になった。

つづいて莉子は乾、巽、艮、坤から一リットルずつを兌、離、震、坎に移送した。さらに同じ四つの容器にディソジンを一リットルずつ足す。

五分ごとのセンサーによる確認が始まった。四基のセンサー、いずれも容器を三個ずつ測定し、すべて合計九リットル。やはり異常なし。

ランファンが目を丸くした。「なるほど……。兌、離、震、坎はそれぞれ七リットル。うち五リットルがシオクローム。ほかにグローグンファクターZとディソジンが一リットルずつ混入してる。化学反応の条件を満たしてる！」

莉子はうなずきながらESCを押した。「その通り。センサーはいっさい感知してないけど、このままさらに一時間経てば……」

時計がどんどん進んでいく。やがて、画面が明滅した。八つの容器が爆発するグラフィックが表示された。

シャオはため息まじりにつぶやいた。「シオクロームが五リットルずつ、四つの容器に入ってて、合計二十リットル。貯蔵庫内の設備が跡形もなく吹っ飛ぶ破壊力。四リットルのグローグンファクターZを盗んだ証拠は、どこにも残らない」

悠斗が尊敬のまなざしを向けてきた。「圧倒されたよ。どうやって思いついた？」

莉子はようやく、控えめながら笑みを浮かべる気になった。「さあ。あらゆる可能性を検証した結果かな」

ランファンは腰を浮かせると、ふいに莉子に抱きついてきた。「やったぁ！　莉子、あなたの友達でほんとによかった」

面食らいながら莉子は応じた。「ど、どういたしまして」

シャオが真顔になった。「このまま祝杯をあげたい気分だけど、そうもいってられないな。複製組（フーヂーズー）は四リットルのサンプルを盗みおおせたんだ」

「ええ」ランファンが身体を起こした。「しかも、きょうで五日が経過してる。とっくに成分分析を済ませ、複製に着手してるかも」

「すぐ局長に相談しよう」シャオはパソコンを取りあげながら、莉子に向き直り見つめてきた。「本当にありがとう。体育館まで送ろうか」

「いえ」莉子は微笑とともに立ちあがった。「ふたりとも忙しいでしょう。わたしは小笠原さんと帰るから」

ランファンがいった。「気をつけてね。政府当局からはまだ目をつけられてないと思うけど、尾行には注意して」

悠斗が胸を張った。「心配ないよ。僕が一緒だから」

シャオとランファンは顔を見合わせて笑った。悠斗は心外という表情になった。

それぞれに別れを口にしあい、テーブルから離れた。シャオはランファンに、興奮ぎみにまくし立てている。公安部にもすぐに連絡しよう。復制組の動きをとめられれば、日本との緊張もいくらか緩和されるかも……。

ふたりを見送ってから、莉子は悠斗に歩調を合わせ、駅へと向かいだした。

睡眠不足のせいか、立ちくらみが襲う。なかなかおさまらない眩暈を堪えながら歩くうち、広場の段差につまずきそうになった。

悠斗がきいた。「だいじょうぶ？」

「ええ……平気」莉子は笑ってみせた。

開けた石畳の空間は、業者のクルマが乗り入れ可能らしい。ワンボックスカーがこちらに走ってくるのがわかる。莉子は悠斗とともに、立ちどまってやりすごそうとした。

ところが、車体はなぜか微妙に進路を変え、まっすぐに向かってきた。

ひやりとした寒気を感じ、莉子はその場に立ちすくんだ。クルマは目の前に滑りこんできて急停車した。スライド式のドアが開く。

「あっ！」悠斗が声をあげた。

莉子も息を呑んだ。車内のシートにおさまっている数人のうち、ひとりには見覚えがあった。

後退した生え際、丸顔の小太り。スウ・シァオジュンに違いなかった。

凍りついているうちに、ほかの男が身を乗りだしてきた。スプレー缶らしきものをこちらに差し向け、シュッと霧を噴射した。

脚の力が失せ、身体が重力に引かれ崩れ落ちるのを感じる。だが、痛みは感じなかった。石畳に叩きつけられる前に、莉子は意識を喪失した。

海上封鎖

　ぼんやりと目が開いた。莉子は暗がりに横たわっているのを自覚した。麻酔の効力は薄らいだとたんに覚醒に向かう。朝の寝起きのようなまどろみはない。莉子ははっとして身体を起こした。とたんに、頭が硬い物にぶつかる。ふいに襲った痛みに頭頂部を押さえながら、周りを見まわした。

　狭い空間には光と呼べるものもなく、闇のなかに沈んでいる。それでも、うっすらとシルエットは浮かんでいた。柱や梁がかすかに見てとれる。すぐ近くに人影らしきものが横たわっているのも、しだいにあきらかになった。

　唸り声がした。聞き覚えのある響きだった。莉子は悠斗の身体を揺すった。「起きて」

「……ん？」悠斗もやはり、目覚めてから意識がはっきりするまで、さほど時間を要さなかったらしい。素早く身体を起こしにかかる。「なんだここは？」

「気をつけて」莉子は呼びかけた。

だが遅かった。ごつんと低い音が響き、悠斗は頭を抱えた。「痛え……」

「だいじょうぶ？」

「まあなんとか……。どうしてこんなとこに。正陽門前にいたはずなのに」

部屋が大きくゆっくりと揺れるのを感じた。貨物船で過ごした夜を思い起こさせる。

莉子はつぶやいた。「海の上みたい」

「また船か」悠斗はうんざりした顔になったが、ふと何かを想起したように告げてきた。「そうだ。スウ・シァオジュンがいたよ。あれ、夢じゃないよな？」

「ええ。わたしも見たし」莉子はポケットをまさぐった。スマホがない。取りあげられてしまったのだろう。当然、ハンドバッグもあるはずがなかった。

手さぐりで壁を探しあて撫でまわす。扉の枠らしき溝が指先にあたった。ほどなく把っ手を握りしめる。

扉はきしみながら向こう側に開いた。非常灯の脆い光が差しこんでくる。

莉子は立ちあがり扉の外へと滑りでた。そこはひとけのない、薄暗い通路だった。窓はなかった。天井は依然として低く、背を伸ばしきれない。積荷の木箱があちこちに積んである。絶えず左右に揺れつづけ、籠もりぎみの音が反響しつづける。船底に限りなく近いフロアのようだった。しかし、エンジンが稼働しているようすはない。航行中とは考えにくかった。

悠斗が這いだしてくる。扉にはバネがついていたらしく、自然に閉じだした。通路側に把っ手はなく、ドア枠も判然としない。周りの壁と同色に塗られている。閉じきるや扉は壁のなかに溶けこんだ。懐中電灯で照らせば識別できるだろうが、この暗がりでは扉の存在自体が判然としない。その意図で作られたのだろう。

見えなくなった扉をしばし眺め、悠斗がささやいた。「もしかして、密輸品を隠しておくスペースとか？」

「不法入国のためかも……。なんかヤバそう」莉子は不安に胸を締めつけられたが、臆してばかりもいられなかった。船首とおぼしき方向へと、ゆっくり歩を進めていった。

行く手には上り階段があった。近くに達したとき、頭上から北京語のくぐもった声がきこえてきた。全身に緊張が走る。莉子は息を殺して静止した。

悠斗が小声でたずねた。「なに喋ってるんだろ」

莉子は聞きとれた範囲内で訳した。「もうとっくに釜山に着いてるはずの時間だって。でも在日米軍が海上封鎖して、中国船への臨検を開始したせいで出航できない」

「臨検……?」

「日中情勢が行くとこまで行ってるのね。船員にも予想外の出来事だったみたい。混乱してるって」

「臨検を警戒する理由は? やっぱ、僕らを船底に隠してるから?」

「いえ……。たぶん、この船の乗員はわたしたちがいるのを知らない。警戒してるようす無さすぎだし。隠しスペース自体、一部の乗員しか知らないんじゃないかしら」

「僕らは人知れず船底に放りこまれたのか? なんのために?」

「さあ。でも本来、わたしたちはいまごろ韓国の釜山にいるはずだった。麻酔も、それぐらいに覚めるようになってた」

悠斗は近くの木箱を見つめた。「何を運ぶ船なんだろ」

壁に工具がぶらさがっている。莉子はバールを手に取った。悠斗にそれを手渡す。バールの先をねじこみ、悠斗は箱を開けにかかった。蓋(ふた)が難なく外れる。なかには同一商品がぎっしり詰まっていた。

莉子は電気ひげそりのパッケージをつかみだした。「一見、日本製品だけど……。メーカー名はHATACHI。典型的なツォマオ。複製組(フーダーズー)のコピー商品ね」

「じゃあこの船は、複製組(フーダーズー)の輸出専用とか?」

「たぶん。韓国への偽物商品の輸送は、平時なら見過ごされるだろうけど、臨検があったんじゃ差し押さえられる。だから出航できないのね」

「スウ・シァオジュンも乗ってるのかな。僕らをどうする気なんだろ」

そのとき、かすかに壁を叩く音が響いてきた。

莉子は音がするほうに歩み寄った。壁越しにうごめく気配がある。さっき扉を開けようともがいた、みずからの動作を連想させる。ここにも扉があるようだ。莉子は壁をノックしながら話しかけた。「把っ手はこの辺りですよ」

すると、なかにいた人物は把っ手を探りあてたらしい。ガチャンと金属音が響く。隠し扉がそろそろと開いた。

顔を覗かせたのは、ひどくくたびれたようすの中年男性だった。頭髪も髭も白く染まり、顔は皺だらけだった。とはいえ、貧困にあえぐ暮らしを送ってきたわけではなさそうだった。スーツは伊勢丹紳士服のオーダーメイド。そしてダンヒルのネクタイピン。カフスは片方の手首のみ。

男性は目を瞬かせ、莉子を見あげてきた。日本語でつぶやく。「なんだね。……どこだここは」

「しっ」莉子は人差し指を口もとに当ててみせた。「わたしは凜田莉子。こちらは小笠原悠斗さん」

「凜田？　万能鑑定士Qって店の凜田莉子かね。『モナ・リザ』事件は新聞で読んだ」

「あなたは……桑畑光蔵館長ですね。白良浜美術館の」

悠斗が驚きの表情でいった。「ほんとに？」

桑畑は扉から這いだしてくると、よろめきながら立ちあがった。「どうして私だと……？」

「それ」莉子は桑畑の手首を指さした。「スターリングシルバーのステアリング型カフリンクスですよね。ふだんからダンヒルをご愛用だとか。同じ物が潭柘寺の城砦の前に落ちてました」

「潭柘寺……。ああ、そうだ」桑畑は莉子を見つめてきた。「外壁を調べてたら、妙な奴らが近づいてきて、殺虫剤みたいなもんを浴びせて……。それからどうなった。また眠らされて、気づいたらこんな船底らしき場所にいる」

莉子はうなずいてみせた。「ずっと囚われの身だったんですね。館長さん。北京に渡ったのはなぜですか」

「まだ頭がずきずきする」桑畑は唸るようにつぶやいた。「中国の学会から、章楼寺の弥勒菩薩像について見解をきかせてくれと電話が入った。馴染みのない学会だったが、航空券を郵送してきたし、ホテルもとってあるというのででかけた」

「『マタイ』の絵を携えてですか」

「なに？　『マタイ』だと？」桑畑が目を剝いた。「バルトロメーオ・アンチェロッティ作『十二使徒』のか。持ってくるはずがないだろう。十二枚とも白良浜美術館にある。サザビーズで落札後、まだ梱包を解いてもいない」

悠斗がふしぎそうな顔をした。「でも、倉本麻耶さんがいうには……」

「誰だって？」桑畑がきいた。

「倉本さんですよ。館長代理の、若い女の人」

「知らん。若い女だなんて……。私の留守中に、経理の猪島が勝手に雇ったのか？　だとすればけしからん話だ」

「彼女は館長のことを、恩師と呼んでましたけど」

「心当たりはない。どうなってるんだ。美術館で何が起きてる」

莉子は桑畑にいった。「『十二使徒』のなかで『マタイ』だけが偽物にすり替わってました。本物は大芬村にありました。美術館にあった偽の『マタイ』は、なぜか二階の鍵をかけた部屋から、煙のように消え失せました」

「な」桑畑は動揺をあらわにした。「なんだと。そりゃいったいどういうわけだ」

「どうか落ち着いてください」莉子は努めて穏やかに話しかけた。「館長さんが眠っておられたあいだに、日中両国の関係がきわめて予断を許さない状況になったんです。お教え願えませんか。潭柘寺で何をなさってたんですか」

「資料集めだ。学会の人間と会う前にしっかり調べておきたかった。あの弥勒菩薩像といえば、潭柘寺だからな」

「……そうなんですか？　博多の章楼寺じゃなくて？」

桑畑は知識のない相手に対し、苛立ちを隠せない性格らしかった。顔をしかめ、じれったそうな唸り声を発した。「対になっとるんだ。遣隋使が潭柘寺で現地の仏像職人から手ほどきを受けた。師となる隋の職人と、生徒である倭国の使いが、同じかたちの弥勒菩薩を作ったんだ」

莉子は衝撃を受けた。「日本人と中国人が、それぞれに弥勒菩薩像を作ったんですか」

「そうだ。マンツーマンの授業の課題みたいなもんだった。形状はもとより、作られた時期も材質の木も共通してる。だが、互いの文化の違いが作風に表れてる。遣隋使がこしらえたほうは半跏思惟のポーズに近いが、隋の職人の作は脚を交差させているだけだ。微妙な差だが、見分ける重要なポイントになっとる」

「いつからご存じだったんですか」

「章楼寺の弥勒菩薩像を観察するうち、あまりに隋の技術に近いので、直接習ったのではと推測した。しかし文献が残っていないので、はっきりしなかった。近年になり、中国が隋で作られた物だと主張し始めたとき、私は仮説が正しいのではと思うようになった。学会から声がかかったのも、きっとそれを明らかにしたいという提案だと考えてね。北京に急いだわけだ」

「それで潭柘寺の城砦を確かめに……」

「ああ。外壁の最上段、如来の末端に弥勒菩薩が刻まれている。中期漢語だが、現代風にいえば〝同样诞生了另一(トンヤンタンションラリンイー)〟と記してあった。直訳すれば『同様に、別の誕生』となる。私はこれこそが、もうひとつの弥勒菩薩像が作られた記録と見とる。事実が広まれば、仏像をめぐる日中の意見対立は解消に向かうだろう」

莉子は困惑とともにいった。「城砦の該当部分は……。何者かの手によって削り取られてしまったんです」

「何!? それはいかん」桑畑は表情をひきつらせた。「削られたとは、どれぐらいだ。判読できんのか」

「はい。跡形もありません……」

桑畑は頭を抱えた。「なんという罰当たりなことを。誰がやった。私を眠らせた奴らか」

「おそらくそうでしょう。館長さん。弥勒菩薩像がふたつあったのなら、どうしてほかの文献に残らなかったんでしょう。日中ともに、ひとつしかないと信じてたんですよね？」

「たしかなことはわからんが、可能性の高い仮説がある。隋の煬帝は、遼東（リャオトン）遠征をおこなった。朝鮮へ百万人規模で出兵し、併合を試みたんだ。そのとき兵士たちは、隋の主要な寺にあった仏像を大量に運んでいった。支配下に置いた朝鮮半島に、いくつもの寺を建立するつもりでな。ところが遠方まで進軍した結果、兵はへとへとに疲れ、高句麗の反撃に遭い撤退せざるをえなかった。仏像の大半はそのとき高句麗の手に堕（お）ちた。潭柘寺の弥勒菩薩像もそのなかに含まれていた」

悠斗がうなずいた。「隋にとっては恥となる負け戦だから、記録されなかったんですね」

「だと思う」桑畑はいった。「同じことは唐の時代にも起きた。今度こそ勝つつもりで、仏像だけでなく陶器の類（たぐ）いまで運んでいったと、当時の文献にある。寺のみならず、街ごと築くつもりだったんだろう。ところがまたしても、遠征失敗の憂き目に遭ってな」

「じゃあ」悠斗は莉子を見つめてきた。「瓢房三彩陶のほうも……」

莉子は深くため息をついた。「日中ふたつのバージョンがあったのね。遣唐使が学ぶ過程で、師弟ともに同じ陶器を作った。友好の証しか、今度は師弟が作品を交換しあった。でも唐が新羅に敗退したとき、陶器は朝鮮半島に残された。隋で作られたほうの弥勒菩薩、日本人が作ったほうの瓢房三彩陶。ともに歴史から消えた。事実は語り継がれず、ひとつしかないと信じた日中双方が、互いに自分の国の物と主張した」

悠斗は難しい顔になった。「すると北京に遺されてた瓢房三彩陶は、中国人が作ったほうだったのか。でも洋上鑑定で凜田さんは、日本で作られたと鑑定したんだろ？」

桑畑が眉をひそめた。「洋上鑑定？　私もそれは誘われたぞ」

莉子は桑畑にきいた。「ほんとですか」

「ああ。弥勒菩薩像について、日本側の専門家として臨んでくれと……。それまでには帰るつもりだったんだが、もう終わってしまったのか？」

ずっと囚われの身で知らないのだろう。だが事情を説明している暇はなかった。莉子は悠斗の疑問に答えた。「わたしが鑑定したのは、たしかに日本人の手による瓢房三彩陶だった。失われていたほうの弥勒菩薩と瓢房三彩陶が中国に戻ったのよ。スウ・シァオジュンは北朝鮮から骨董品を買い付ける、目利きのブローカーだった。彼がそれらを市場から発掘し、買い戻したんだわ」

悠斗が目を瞠った。「スウ率いる复制组が陰で糸を引いてたってこと？　でも、洋上鑑定で瓢房三彩陶はひとつだけだったんだろ？　弥勒菩薩像も」

莉子は思わずつぶやきを漏らした。「のろまを自覚しているペンギンを、すばしこさに自信のあるシロクマは、決して捕まえられない」

「何？」悠斗がきいた。

「コピアの謎かけ。わたしの思考が壁に突き当たることがあったとしたら、おそらくそのあたりだ……。そんなふうにいってた。対象をひとつに絞りこんで吟味するのが鑑定であり、論理的思考だという観念にとらわれてる。対象が複数あるとの可能性を考慮にいれられない。当初、双子に気づけなかったのはそのせいだって。今回も同じね。対象はふたつあった」

「よくわからないな。ペンギンがシロクマを捕まえられないってのは……？」

「当然なのよ。ペンギンは南極、シロクマは北極に住んでるんだから」莉子の考えはひとつにまとまりだした。「同じ場所と思っていてもじつは違う。洋上鑑定は同時に二か所でおこなわれてた。長崎と上海の中間地点と指定されながら、座標が微妙に違ってたんでしょう。わたしは船上で、中国側の陶器の専門家であるリウ・ドウチュンと会ったけど、彼は実は偽者だった。一緒にいた海警局の制服十人もそう。本物のリウさんと海警局の十人は、同時刻に数百キロ離れた海上で、偽のわたしや牧野さん、長峰さん、廣岡さんと遭遇してた」

「頭がこんがらがりそうだよ。そう断定できる根拠はある?」

「わたしが洋上鑑定に臨んだとき、中国側の船は民間船だった。日本側の船長もいってた。『海軍や海警局の船であれば、たとえ約束があってもわれわれは近づきません。舵(かじ)をとる者の常識です』って。つまり第一回の洋上鑑定でも、中国側は民間船だったはず。でも中国の国内向けラジオ放送が、どうも胸にひっかかってた。最初の洋上鑑定には中国海警局の監視船〝海監51〟を用いたって……」

「船が全然違ってたわけか」

「ええ。民間船に海警局の武装した人たちが乗ってるなんて、変だと思った。北京入りしてから聞きつけた報道に、矛盾を感じたことはほかにもあったの。第一回洋上鑑定で、中国側のウー教授は海警局の七人とともに日本船に乗りこんだ。中国のテレビや新聞がそう報じてた。けど日本の報道では、ウー教授を含めて全員で七人、海警局は六人だったって……」

「あー、たしかに」

「それに、日本側は二度とも通訳を連れてる。第一回の佐々木さんや小西さん、第二回の牧野さん、長峰さん、廣岡さんは、みな北京語が喋れなかった。通訳に話して意志を伝達してた。なのに中国側の報道では、通訳の存在は伝えられてない。日本人の誰もが北京語を喋ったことになってる」

莉子は唇を噛んだ。互いに面識もないうえ、非公式の会合だけに録画や録音が許されなかった。そのせいで発覚が遅れた。

わたしの目には、リウが突然心変わりし、すすんで瓢房三彩陶を譲ってくれたように映った。しかし彼は偽者で、最初からそうするつもりだった。同じ時間、別の場所で、偽のわたしは本物のリウから、陶器を力ずくで略奪した。偽の牧野、長峰、廣岡とともに、海警局を圧倒する立ちまわりで陶器を奪取し、逃げおおせた。武装していたのかもしれない。本物のリウはあくまで、瓢房三彩陶が中国で作られたとの主張を貫いていただろう。彼の視点からは、日本側が突如逆上し〝海賊行為〟に及んだように見えた。

桑畑が口をはさんできた。「さっきから話にでてるウー教授とは、ウー・トンションのことか？　私は彼と面識がある。むかし上海の学会で顔を合わせた。仏像美術の専門家だ」

莉子は桑畑にきいた。「どんな外見ですか」

「ほっそりと痩せた神経質そうな男だ。ベジタリアンだからな」

もはや苦笑すら生じない。佐々木教授はウーのことを、恰幅のよい巨漢と証言していたはずだ。日本国内ではそう報じられた。

日中の報道内容に違いが生じていても、互いに相手国の報道はプロパガンダと信じているため、嘘つきと罵り合うばかりだ。真実に気づくには至らない。日本のニュース番組はわたしの顔写真を放送した。中国当局の関係者がそれを目にする機会はあったかもしれない。だが、端から虚飾にまみれた報道と信じているせいで、取り合わなかったろう。当事者たちの証言との比較は、ほとんどおこなわれなかったに違いない。

莉子が参加しなかった第一回の洋上鑑定で、何が起きたかも容易に推察できる。第二回とそっくり同じ、ただ立場を逆にしただけだ。本物のウーの目には、佐々木教授らが積極的に弥勒菩薩像を返してきたように見えた。しかし彼ら日本人は偽者だった。同じころ、本物の佐々木たちは偽のウーらによって、仏像を強奪されていた。

悠斗はつぶやいた。「スウと復制组(フーヂーズー)のしわざだとして、どうやって船が落ち合う場所をずらしたんだろ。だいたい、なんの理由があってそんなことを……」

頭上に足音が響いた。莉子はとっさに悠斗を手で制した。悠斗はあわてた顔で黙りこんだ。

北京語の会話がきこえる。あいかわらず愚痴をこぼしていた。その声がしだいに遠のいていく。

静寂が戻った。莉子は小声でささやいた。「ここをでなきゃ」

桑畑は渋い顔でうなずいた。『マタイ』から弥勒菩薩像まで、私が目を離すとろくなことにならん。すぐにでも自由を手に入れねば」

悠斗が階段に向き直った。「慎重に外をめざしましょう」

靴音を響かせないよう注意しながら、三人は階段をのぼりだした。ビルと同様、踊り場とフロアへつづく扉が交互に現れる。居住区内らしかった。そこからさらにのぼりつづけると、アッパーデッキの階層に入った。通路の先から話し声がきこえる。そちらを避けて逆側へと走った。

開け放たれた扉の向こうは暗かった。左舷(さげん)甲板へと駆けだす。夜間、それもどしゃ降りの雨だった。サーチライトは桟橋から逸(そ)れているものの、どこかの港だとわかった。波は高く、船はしきりに上下している。辺りにはひとけはなかった。

悠斗は莉子の手をつかみ走りつづけた。桑畑が背後からついてくる。乗降用可動橋を一気に駆け抜ける。途中、レインコート姿の中国人がたたずんでいたが、かまわずその脇を通り過ぎた。船首から怒鳴る声もきこえた。しかし、立ちどまりはしなかった。

桟橋まで達すると、雑然とした賑わいに包まれた。フォークリフトが走りまわる傍ら、クレーンに積荷を吊るす作業が実施される。豪雨のせいで、誰もが周りに気を配ろうとしない。レインコートのフードをかぶれば視野が狭くなる。すぐ近くをすり抜けても、こちらに向き直る反応はなかった。

肝を冷やしながらも、しだいに数を増やす作業員たちのなかに紛れていく。全身がずぶ濡れだった。妙な視線を向けられても、目を合わせず歩きつづけた。マンホールから立ちのぼる蒸気に髪が傷みそうだったが、いまはむしろ姿を隠すための煙幕がわりに有効だった。

群衆と歩調を合わせるうち、煉瓦づくりの建物に足を踏みいれた。ようやく雨を避けられる場所に達した。喧騒はあいかわらずだった。周りの男たちを見ると、誰もが談笑しながら瓶ビールをあおっている。立ち飲みの酒場と気づいた。船員や作業員に御用達の店らしい。

莉子は立ちどまり、悠斗や桑畑と互いに見つめあった。滝に打たれた直後のようなありさまの三人が、戸惑い顔を突き合わせる。いまはそれしかできなかった。まるで冬場だった。体温が奪われている。けれども、むやみに人をひどく肌寒い。搔き分け外にでようとすべきではない。目立つ行動は控えねばならなかった。

カウンターの上には、いまどきめずらしいブラウン管型のテレビがあった。中国におけるデジタル放送への移行は、たしか来年のはずだった。ニュース番組も問題なく映っていた。

既視感のある映像だった。報じられているのは、出光ラボラトリーの事故についてだ。グローグンファクターZの貯蔵庫がある工場で爆発があった、さいわい負傷者はごく少数。キャスターがそう報じている。一週間近くも前のニュースを伝えるのはなぜだろう。依然、爆発原因は不明とキャスターがいっていた。新たな情報はなさそうだが……。

ところが、画面の隅に表示されたテロップを見て、莉子は思わずすくみあがった。

〝上海研究所からの中継〟とある。

キャスターが告げていた。「先週の北京研究所での爆発事故ののち、出光ラボラトリー株式会社は中国からの撤退を検討しており、上海研究所の貯蔵庫にも厳重な警備体制を敷きました。しかし、北京とまったく同じ事故がつづけて発生したことで、内部の犯行が疑われています。中国国内における、日本企業へのテロ攻撃と見せかける狂言とする声もあがっており……」

荒れすさんだ寂寥が焔のようにひろがっていく。莉子は呆然とたたずんだ。上海でも、北京と同じことが起きた。

狂言であるはずがない。复制组のしわざに相違なかった。グローグンファクターZのサンプルが奪われたことも明白だった。この事件は、すでに一触即発だった日中の緊張状態に致命傷となりうる。国交ももはや断絶に等しい段階を迎えるだろう。

だが……。浮かびあがったもうひとつの事実により、悲観論に終止符を打てるかもしれない。奈落に落ちこむがごとき、深い憂いを伴う希望に違いないが。

桑畑が当惑のまなざしをテレビに向けている。「北京語はよくわからんが、どうやら情勢の悪化はほんとらしいな。それもかなり酷い」

悠斗は莉子にささやいてきた。「どうしようか……。パスポートもなければ財布もない。ケータイも何もかも奪われちゃってる」

莉子は視線を落としうつむいた。このうえなく最悪な事態には違いない。けれども、未来は闇に閉ざされたわけではなかった。謎はいまや、すべて解けたのだから。

読者の皆様へ

初めまして。『週刊角川』記者の小笠原悠斗です。いつも『万能鑑定士Q』をご愛読いただきまして、本当にありがとうございます。

ご存じのとおり、凜田莉子さんに関しまして、僕が取材させていただきました事件の記録は、小誌に記事掲載後、角川文庫より小説化し刊行しております。

けれども、いつも凜田さんがあれよあれよという間に事件を解決してしまうため、読者の皆様からも、論理的思考と推理の醍醐味を味わってみたいとのご要望を受けておりました。

ミステリにおける〝読者への挑戦状〟などという不遜な意図ではございませんが、この時点までに、謎解きに必要な情報は、すべて読者の皆様にお伝えさせていただいております。

同行しました僕も、ここで凜田さんに打ち明けられるより早く真相に気づきえましたので、愛読者の皆様にもきっと事実を解明していただけるのではと思っております。

そのようなひとりよがりに興味はないとおっしゃる方々には、ご容赦を乞うよりほかにありません。是非、推理のほうもお楽しみいただけましたなら幸甚に存じます。

『週刊角川』小笠原悠斗

近道

午前九時を過ぎた。ひと晩降りつづいた雨はあがり、北京の空は晴れ渡っていた。

莉子は悠斗とともに、門頭溝区の永定河沿いへと戻った。体育館のエントランスを入ると、馴染みの光景がひろがっている。高齢者は太極拳に興じ、子供たちはバスケットボールではしゃぎまわっていた。平均台や鉄棒、跳び箱に励むトレーニングウェアも大勢見かける。ここでは日常も同然の賑わいだった。

一睡もせず長い距離を移動し、疲労の極致といえる。足もとがふらつくたび、悠斗が支えてくれた。莉子は体育館の奥へと重い足をひきずっていった。

パスポートはここの個室に置いてある。かすかな安堵を覚えた。いまだ心が休まるはずもないが。

ランファンが気づいたらしく駆け寄ってきた。「莉子！　悠斗も。どうしたの？　いなくなって心配してたのよ」

莉子は笑みをかえそうとしたが、表情筋を伸縮することさえ難しかった。ただ黙ってその場にたたずむ。立っているのがやっとだった。

シャオも物陰から這いだしてきた。ほっとした顔で近づいてくる。「無事だったか。ケータイも通じないし、どうしたのかと思った。外泊したのかい？」

ようやく莉子は微笑を浮かべてみせたものの、すぐに真顔に戻らざるをえなかった。ランファンを見つめ、喉にからむ声でささやいた。「桑畑館長と会えた」

ランファンが目を丸くした。「ほんとに？　どこで？」

「新港ってとこ」

シャオも驚いた顔になった。「天津のか？　北京から二百キロも離れてる。どうしてそんなとこに……。館長さんはいまどこに？」

莉子はつぶやいた。「朝陽区にある日本大使館。わたしたち、財布もスマホもなくしちゃってね。桑畑館長はひとり港湾事務所に駆けこんで窮状を訴えて、そこから大使館に連絡がついたみたい。館長さんは無事保護された」

ランファンはきいた。「莉子と悠斗は？　文無しだったんでしょう？」

「悠……」莉子はいいなおした。「小笠原さんが百元札を二枚、靴のなかに隠してた。天津から北京南駅間の新幹線二等座がひとり五十五元、手数料五元で買えてね。その前後の移動が大変だったけど」

「へえ」ランファンは目を丸くして悠斗を見つめた。日本語でつぶやく。「意外な機転」

悠斗はぼんやりと応じた。「セダンのなかで、きみらは前を向いてたから。気づかなかったんだね」

シャオが個室のほうを指ししめした。「いまはとにかく、少し休んだら？　話はあとで詳しくきくよ」

「いえ」莉子は首を横に振ってみせた。「すぐに話したい。それもみんなの前で」

「みんなって……？」

「ここにいる全員。集めてもらいたいんだけど」

「いいけど」シャオは周りに呼びかけた。「みなさん。運動をやめて集合してくれないか。莉子から話があるみたいだ」

誰もがトレーニングを切りあげて、ぞろぞろと歩み寄ってくる。高齢者、子供たち、松葉杖（まつばづえ）や車椅子の元選手たち。全員が群れをなし、莉子の周りに集った。

莉子は深く息を吸いこんだ。残る力をふりしぼり、北京語で声を張りあげる。「わたしがここにいる理由をお伝えします。じつは、わたしは鑑定家です。ランファンやシャオさんが勤めるＢＩＣＣに協力しました。复制组（フーヂーズー）という謎のコピー商品製造グループを摘発するためです。その結果、总的导体（ソンダーダオティ）として知られる統率者、スウ・シァオジュンを捕まえるのに成功しました。でも脱走されてしまい、現在もなお复制组（フーヂーズー）は健在です。どこに拠点があり、メンバーが誰なのか、あきらかではありません。日本に年間二兆円もの損害を与える巨大組織なのに、ここまで正体不明なのは異例のことです。……と、きのうまでは思ってました」

シャオがきいた。「きのうまで？」

莉子はうなずいてみせた。「复制组（フーヂーズー）の中枢はあきらかになりました。ここです。中国国内のあちこちに同様の拠点がありますが、ここが最高司令部です。そしてみなさんこそ、复制组（フーヂーズー）のメンバーです」

館内はしんと静まりかえっていた。友好的な笑みを浮かべていた人々も、しだいに無表情に没した。

周囲を見渡していたシャオが、苦笑に似た笑いを莉子に向けてきた。「おいおい、莉子。僕とランファンは、彼らをよく知ってる。挫折（ざせつ）を味わったスポーツ馬鹿ばかりだ。ひょっとして、日本じゃいまごろエイプリルフールなのか？」

今度ばかりは、莉子も笑みを浮かべる気はなかった。「この場に限っていえば、例外はわたしと小笠原さんのみです。あとは全員が復制组(フーヂーズー)です」

シャオがあんぐりと口を開けた。「それって……」

ランファンは心外だという顔になった。「何をいうの？　莉子。ずっと一緒に行動してきたでしょう。復制组(フーヂーズー)の偽物製造がどれだけ由々しき問題か、わたしもシャオもよく理解してる。日本人のあなたと同じ目標を持ち、知的財産保護と自国の威信回復のために、全力で臨んできたのよ」

「この体育館に突入するまではね。規則に従い、あなたたちは警察に先んじて足を踏みいれたけど、目にしたのはこの通り、挫折した選手たちの寄り合い所帯も同然のジムだった。夢破れたかつての英雄たちのなかには、シャオさんの恩師もいた。ランファンもシャオさんも、アスリートへの道を歩みながら断念した過去を持ってる。立場を同じくした人間どうし、共感しあえたはず」

シャオは笑い声をあげた。「僕が彼らに同情するあまり、寝返ったってのか？　ランファンも一緒に？　お笑い種(ぐさ)だよ。警察が踏みこむまでの数分間で、そこまで信念を捨てられるかよ」

「いいえ」莉子は冷静にいった。「チョウ局長にきいたわ。あなたたちが突入したのち、警察が動きだすまで三十分はあった。そのあいだに、あなたたちはここのコーチ陣から説得を受けた」

　ランファンが憤りを漂わせた。「ここに立ち入り調査をおこなったのは、スゥが自供したからよ。この建物が複製組(フーヂーズー)の拠点だっていってた。わたしとシャオは、ここに誘導されたっていいたいの？　ＢＩＣＣを裏切って、複製組(フーヂーズー)の側につくよう仕向けられたって？　わたしもシャオも、そこまでおひとよしじゃないわよ。莉子、よく思いだしてよ。わたしたちはあなたを助けるために日本へ渡ったのよ」

　莉子は冷めた気分でつぶやいた。「そう思いたかった。でも現実は違ったのよ。ランファン。わたしと小笠原さんは、なぜ中国に入国できたの？　あなたはいった。『税関に特別な手が打ってあるの。賄賂(わいろ)とも違うのよ。法に背かない範囲での工夫ってやつ。日本人には想像つかないでしょ？』って。たしかに想像つかない。たとえ韓国経由で貨物船の乗組員を装おうとも、日本人である以上は船員手帳が必要になる。船員手帳の交付は地元自治体でないとおこなえない。仁川港で契約なんて無理」

「……莉子と悠斗は、現に貨物船に乗ったでしょう。威海(ウェイハイ)港でも問題なく入国できた」

「仁川港の事務所でも貨物船内でも、わたしと小笠原さんは、あなたにパスポートを預けたのよ。あなたはわたしたちに背を向け手続きをした。けど、相手にしめしたのはパスポートじゃなかったんでしょう。わたしや小笠原さんの本名が記載されてない、偽名の旅券もしくは必要書類。凜田莉子という名前ではないからこそ、あっさり入国の許可が下りた。そんな偽造品を用意できたのも、あなたたちが復制組(フーヂーズー)と手を組んでたから。あなたとシャオさんは、初めからわたしを中国に入国させる目的で、博多に来たのよ」

「何をいってるのよ！　わたしはあなたに力を貸して、一緒に潭柘寺(タンジョアスー)へ向かったのよ。はるばる深圳(シエンチエン)の大芬村(ターフン)までも」

　莉子は動じなかった。「ランファン。潭柘寺からの帰り道、あなたはバス停へわざわざ遠回りになるほうへ誘った。腑(ふ)に落ちなかったけど、その理由もいまならわかる。露天商にある『マタイ』を目にとめさせたかったのね。それを見たわたしが、大芬村に行きたがることも予想してた。村で本物の『マタイ』を発見させることで、桑畑館長が絵を持ちだすために北京へ渡ったかのように思わせ、本来の目的を隠蔽(いんぺい)しようとした。しかも額縁にSDXCカードを仕こむことで、館長さんが復制組(フーヂーズー)とつながりがあるかのように示唆した。じつは『マタイ』も額縁も、あなたたちが画工に提供したにもかかわらず」

ランファンは憤然とまくしたてた。「馬鹿なことといわないで。『マタイ』が白良浜美術館から消えたのは、わたしとシャオの博多入りより前のことでしょう。しかも二階の密室から失われただなんて。わたしたちの手にどうして『マタイ』があったっていうの！」

「美術館での犯行自体はあなたの管轄外だったから、ここでは問わない。とはいえ、潭柘寺や大芬村で何がおこなわれたか、あなたにはよくわかってると思うけど。当事者なんだし」

ランファンが苦い表情で押し黙り、視線を落とした。

いまはそれより重要なことがある。莉子はいった。「あなたとシャオさんの目的は、復制组（フーヂーズー）の犯罪計画書をわたしに見せること。グローグンファクターZの管理状況から、どうやって四リットルを奪い、そののちに水蒸気爆発を起こさせるか。それを考えさせたかったのね」

シャオが顔をしかめた。「考えさせるって……。きみが自発的に推理に臨んだんだろ。復制组（フーヂーズー）はすでに北京研究所からグローグンファクターZを奪ってたんだぞ。その方法を後から検証し暴いたんじゃないか」

「違う」莉子はいった。「北京研究所での事故後、出光ラボラトリーは声明をだしてる。爆発が起きたのはサンプル貯蔵庫とは別の場所だし、貯蔵庫には厳重な警備と安全管理体制が敷かれてるって。それは事実だった。同社にも复制组（フーヂーズー）のメンバーが潜入してたのに、貯蔵庫には近づけなかった。そこで、敷地内のほかの区画で水蒸気爆発を起こしたうえ、犯罪計画書のデータに〝実行済み〟と記載しておいた。それを見れば复制组（フーヂーズー）がとっくにグローグンファクターZの奪取に成功したように思える。ごていねいに〝盗みだしたのち爆発事故に見せかけ証拠隠滅〟と記してあるんだから、方法を考えざるをえない」

たんにサンプルの強奪に留（とど）まらず、化学反応で爆発を起こす。実際にサンプルが消えたか否か、判然とさせないためだろう。盗難がさだかではない状況なら、当局の追及もさほど強まることはない。复制组（フーヂーズー）の側にしてみれば、複製づくりのための時間を稼げる。

しかし、爆発の直前までセンサーをだましつづけるのは難しかった。だからわたしに方法を考えさせた。わたしは、その答えをランファンとシャオに教えた。直後、怪しいワンボックスカーに乗ったスウが現れ、わたしたちは麻酔で眠らされた。貨物船の船底に運びこまれた。目覚めるころには桑畑館長ともども釜山にいる、そのはずだった。

悠斗が日本語でつぶやいた。「米軍による中国船への臨検なんて、誰も予想してなかったんだろ。突然の出来事だったからね。おかげで船は天津の新港から出航しなかった。財布を奪われちゃったけど、僕が靴に二百元隠してることにシャオたちが気づいてなかったおかげで、こうして戻ってこられた」

シャオが不満げに声を張りあげた。「きみらが酷い目に遭ったのはよくわかった。気の毒に思う。でも僕らは無関係だ！」

ふいに悠斗が、壁ぎわに向かい歩きだした。積みあがったダンボール箱の前で立ちどまる。箱に手をかけた。

動揺をあらわにしたシャオが、悠斗を追いかけていった。「よせ。何をする気だ」

「内職のスポーツ用品づくり、手伝ってあげようと思って」悠斗はガムテープを剝がし、箱ごと床に転がした。

中身がぶちまけられた。ＳＱＮＹの乾電池と、ＨＡＴＡＣＨＩの電球。新品未開封のパッケージばかりが床一面にあふれた。

重苦しさに満ちた静寂が館内に漂いだした。誰もが意気消沈したように、視線を落としがちになっている。

シャオが頰筋をひきつらせた。「ほ、ほんの内職の延長さ。スポーツ用品以外も手がけてるんだ。たまたまそれがツォマオだった。ここを維持管理するためには金がかかるんだよ。複製組の拠点だなんて、そんな大それたことの証明にはなりえない」

莉子は歩を進めた。「いえ。証明ならすぐに可能よ」

誰もが不安そうに注視してくる。胸に低潮のような悲哀が沸き起こるのを、莉子は感じていた。できればこんな瞬間、真実を暴く当事者になりたくはなかった。

車椅子の男性の前で静止する。莉子は話しかけた。「江さん。まだそうお呼びするべきですか。それとも……」

しばらくのあいだ、包帯で顔を覆い尽くした江は、沈黙だけを返してきた。だが莉子がじっと見つめるうちに、ためらいがちにその手があがった。みずから包帯を外しにかかる。

何重にも巻かれた包帯が、ゆっくりと取り払われた。その下から、後退した生え際と垂れた目尻の丸顔が現れた。

スウ・シァオジュンは車椅子におさまったまま、莉子を見あげてきた。莉子もスウを見かえした。

周りには、諦めに似た空気が漂いだした。シャオも反論を口にせず、ただ肩を落としている。ランファンは目に涙を溜めていた。

莉子はスゥにささやきかけた。「総的導体が身を置く以上、この建物こそが復制組の中枢です」

無言を貫いていたスゥが、やがて静かに切りだした。「何をきっかけに気づいたんだね」

「BICと人民武装警察が血眼になって探してるのに、数万人以上もいるはずの復制組の拠点があきらかにならない。メンバーの素性もわからない。仮に、倒産したメーカーから流出した人材がメンバーだとして、もぐりのスポーツジムに駆けこむのは合理的なことだったでしょう。行政から黙認されてるし、国民の同情や支持も集めてる。深夜まで物音を立てていても不審がられない。わたしたちみたいな来客がいるあいだは仕事が進まないけど、同じような拠点が中国のあちこちにある。それらすべてが復制組の隠し工場なんだから、グループ全体としての製造工程にはさほど影響しない」

「やはり聡明だな、凜田莉子」スゥは瞬きとともに視線を落とした。「ここでおこなわれるのは梱包と流通の管理だけだが、全国それぞれの拠点に、部品づくりや組み立てなど細かな分業体制が敷かれている。体育館のなかに、油圧式プレス機を搬入しているところもある。どこもいちど当局の立ち入り検査を受けたのち、こっそり機械類を設置したんだ。公務員の大半は、元スポーツ選手たちの処遇を気の毒に思い、目こぼしてくれる。そうでない者に対しても、賄賂が効く。安全地帯に潜める代わりに、复制组の挙げる莫大な収益が元選手たちを支える。理想的な共存だ」

莉子は首を横に振ってみせた。「寄生というべきと思いますけど」

すると、もうひとりの車椅子が近づいてきた。タン・イーは穏やかにいった。「そうでもないんだよ。私たちのように金メダル獲得だけのために育てられた人間は、ほかに取り柄もない。挫折後、まともな企業に就職できない。だから大半が工場での下働きを経験している。私も高圧電気や制御系に詳しくなったよ。その知識が复制组の仕事にも役立ってる」

バドミントンのコーチ、チュゥ・シァオヨンもいった。「私は空圧や油圧、ベアリング、ベルトなどの機械系に、それなりに馴染んでる。空調機とボイラー、給排気や給排水なんかの設備系も、工場勤めの際に覚えた。スポーツの道を外れて以降、食べていく手段はそれぐらいしかなかったんだ。ほかの連中もそうだよ。共存や寄生というより、とっくに一体化してる。指摘の通り、私たちは复制组そのものなんだ」

誇りをしめしたがる向きは皆無のようだった。陽射しを失った日時計のような虚無が、人々のなかに立ちこめだしている。子供たちも膝を抱えて黙りこくった。

スゥは莉子につぶやいた。「私は彼らに資金を与え、組織を巨大化させてきた。儲(もう)けたぶんは団体の維持費と、彼らの生活にまわしてきたから、決して黒字にはなりえない。なにが目的だったか、きみにとっては甚だ疑問だろう」

「……そうでもありません」莉子はスゥを見つめた。「ランファンとシャオさんが、ここにいるみなさんと話せば、すぐに仲間に加わる。あなたはそう確信してた。だからわざと捕まり、自白してふたりをここへ向かわせた。かならず共感しあえる、たしかな信条があったんです」

「ふうん。それはなんだと思うかね」

「国務院の国家体育総局、中国オリンピック委員会や中華全国体育総会……。メダリスト養成機関のすべてに対する復讐(ふくしゅう)でしょう。日中関係が極端に悪化すれば、中国は二〇二〇年の東京オリンピックをボイコットせざるをえなくなる」

二〇〇九年、リオデジャネイロでのオリンピック二〇一六年開催が決定した。その後しばらく、復制組(フーヂーズー)の標的はブラジルだった。ブラジルがこの五年間、日本に次いで中国製偽物商品による損害を受けていた理由は、そこにあった。

だが、中国がリオをボイコットするほどの関係悪化には至らなかった。対立の下地があまりなかったからだ。その次の開催国である日本への工作は、効果的に実を結んだ。

莉子はいった。「いちどは鳴りを潜めた対日偽物輸出が、最近になってふたたび急増した。東京オリンピックが決定したからです」

「……なるほど」スゥは物憂げにつぶやいた。「よく理解できているようだ」

「今後も中国がオリンピックに出場できないよう、開催国との国交断絶を謀っていく。それが复制组（フーヂーズー）という団体の目的ですね」

砂漠の荒涼に似た乾いた空気が、人々の無言のなかにある。莉子には彼らの辛（つら）さが身に染みてわかる気がした。

やがてタンが沈黙を破った。「復讐と簡単にいうが、日本人のきみには理解できんだろうな。私たちの本当の気持ちは」

チゥが深刻な面持ちでいった。「わが国のスポーツ選手は国家が育て、国家のために競技を戦い、成果も国家に帰する。祖国争光（ツークオツンコワン）といってね。オリンピックで金メダルをとり、中国の威光を世界にしめす。それが私たちの学ばされたすべてだった」

ランファンがゆっくりと歩み寄ってきた。「莉子。わたしは四歳のころ、公園で遊んでた。そこで業余体育学校のスカウトから目をつけられたの。幼児であっても、その動きを観察すれば、筋肉の使い方に才能の有無をみいだせる。夜には両親に電話があった。わたしを引き取りたいって」

シャオもためらいがちに告げてきた。「僕も似たようなもんだよ。反対する親はいない。スポーツの世界でエリートへの第一歩だからね。午前中は普通の学校と同じ教科の授業、午後からはみっちり体育漬けのカリキュラムだった」

タンがいった。「私たちのころは、教科など習わなかったな。一日じゅう体育のみだった。それも休日なしに鍛えられた。幼い心に、一生残るほどの傷を刻んでくれたよ。身体を柔らかくするため、異常なほどストレッチを強要されるんだ。校内のあちこちで悲鳴や、泣き叫ぶ声がきこえてた。脱臼したり骨折したりすれば、それまでだ。落伍者として放りだされてしまう。ここにいる子供たちも、そんな仕打ちを受け路頭に迷ってた」

シャオがうなずいた。「体育の授業の厳しさは、いまでも変わらない。学校でもかなりの人数が落ちこぼれる。優秀な成績をおさめた者だけが卒業後、各地域で代表選手として育てられる。そこでもまた篩にかけられて、ひと握りの選手が北京に招集され、国家チームに加わる。たったひとりの天才が見いだされるために、おびただしい数の選手候補が見捨てられ、人生を棒に振る」

莉子のなかに戦慄が走った。思わずつぶやきが漏れる。「たったひとりの天才……」

タンが莉子を見据えた。「この国ならではの考え方なんだ。日本で一億人にひとりという逸材が見つかったとしても、中国ならそれが十三人いることになる。そのなかから、さらに最高のひとりが選出されるなら……。日本に負けるわけがない。ほかのどの国に対しても、中国政府はそんなふうに思ってる。世界最大の人口を誇る国だからね」

スゥは語気を強めた。「敗れていった者たちに、国家は手を差し伸べない。たとえメダリストになろうと、引退すれば用なしも同然の扱いを受ける。国家のために犠牲になっとるんだ。将来を選ぶどころか、夢見る段階ですらない幼いころから……。私たちはそんな捻じ曲がった体制に終止符を打つ。真の意味での民主化はここから始まるんだ！」

やるせない哀感が莉子のなかに響いてきた。心の叫びに痛ましさを拒みえない、そんな思いがみなぎり満ちる。

だが理想実現のためとはいえ、非法を見過ごせるはずがない。

莉子は思いのままをスゥに告げた。「中国は一九五六年から一九八〇年まで、台湾問題や旧ソ連のアフガン侵攻を理由に、七回も連続してオリンピックをボイコットしてます。なのに、次のロサンゼルスでは、中国が十五個の金メダルを獲得。総メダル数でも四位。しばらく出場できなかったからといって、国を挙げてのスポーツ選手育成のシステムは揺らがないでしょう」

スウは頑な態度を覗かせた。「弱体化するまでつづけるだけだ。私の後継者もきっと現れる。自由と平等の願いは広く浸透していく」

莉子は憤りを抑えきれなかった。「だからといってテロ行為が許されますか？　偽物商品輸出だけに飽き足らず、国宝級の仏像や陶器を用い対立を深めさせるなんて。工作員として複製組のメンバーを動員したんでしょう。さらにはグローグンファクターZのサンプルまで強奪した。人々の不安を煽り、世界経済に混乱を引き起こし、武力衝突の危険を高める。それでもなお自分たちに正当性があるとお考えですか。真実を知れば、誰もあなたたちに同情しない。誰も味方してくれないのに！」

ひとすじの透明なうら寂しさだけが、水流のように漂う。そんな沈黙が館内にあった。

スウは疲弊しきったようにささやいた。「凜田莉子。……きみはいつも真実を口にする。噂どおりの女性だ」

空気がわずかに変化したように感じられた。ざわっとした驚きが周りにひろがる。スゥが莉子の言葉を否定しなかった。誰にとっても予想外だったらしい。けれども、反発の声はあがらなかった。迫りくる運命は避けられない、みなそんなふうに覚悟を決めていたのだろう。悟ったような態度にそれぞれの心情が垣間見える。いつ果てるとも知れない、いっこうに勝機の見えてこない反乱。強大な国家に全力で抗っても、なお打ち倒せず、消耗しきっても戦線を離脱できない。それが彼らの実感だろう。莉子はそう思った。

スゥが莉子に目を向けてきた。「ひとつきいてもいいかね」

「なんですか」と莉子はきいた。

「当局へ通報せず、ふたりきりで来たのか」

「はい」

「……きみらが二度と外にでなければ、私たちにとってなんら不都合は生じない。歴史は意図したとおりに刻まれていく」

萎縮する反応こそが、むしろ人として自然かもしれない。しかし莉子のなかに恐怖はなかった。「なら、麻酔で眠らせて出国させようなんて考えなかったでしょう。館長さんにも危害は加えなかった。あなたは誰も傷つけず目的を果たそうとしたんです。

いまも同じ思いだと信じます」

スゥが深いため息をついた。静かにつぶやきを漏らす。「ここにいるみんなが、きみらの国に生まれていればな……。クラブチームに入り、進学を妨げないかたちでの、年齢に適した選手育成。競技団体が存在して、オリンピックや世界大会への出場選抜もそれぞれに委ねられる。高校、大学、チームへの自由な所属が可能なうえ、必要な支援も受けられる。……夢が叶おうと叶うまいと、尊厳ある人生を送れる。日本のような国になってほしかった」

その感情こそが、ここに集う人々に共通する願いのようだった。スゥの発言の途中から、コーチ陣は目を潤ませ、ほどなく涙を頬に滴らせた。子供たちは声をあげて泣きだした。

ランファンも両手で顔を覆った。シャオがランファンの肩にそっと手をかける。

堪えてきた情熱が解き放たれて、気づいてみれば泣くしかなかった……。そんな心境だろうか。莉子は視線を落とさざるをえなかった。道半ばで過ちに気づいても、もはや引き返せない。常々そんな自覚があったのだろう。でなければ、抑圧され鬱積した思いなど生まれようはずがない。

スゥの目はいつしか赤く染まっていた。「教えてくれ。これから私たちはどうすれば……」

莉子はささやいた。「復制組（フーヂーズー）は、実体を捉（とら）えられていない謎の団体です。コピー商品製造とテロ行為から手を退（ひ）けば、自然消滅とみなされます。国家の追及を受けることもない」

「私は……。逃走犯だ。当局へ出頭せねばならんな」

「いえ」と莉子はいった。「ここにいるみなさんには、あなたが必要です。自主的なスポーツジムを運営しつづけ、希望をつなぎ、新たな糧をみいだせる道をしめしてくれる人が……。スゥさん。警察に目をつけられないよう、人目を避けて暮らしてください。これからのあなたこそが、真の意味での総的導体（ソンダーダオティ）なんです」

スゥのまなざしに内包された、か細い白金のごとき情念の輝線を、莉子は無言で見かえした。

森閑とした時間が過ぎる。シャオが動きだした。ダンボール箱を持ちあげては、傍（かたわ）らにどかしていく。

やがて、ふうっとひと息つくと、一番下になっていた大きめの箱を開封しだした。なかから現れたのは、モスグリーンのガソリン缶だった。

悠斗が日本語でシャオにきいた。「これ、グローグンファクターZの……？」

「ああ」シャオがうなずいた。「サンプルだ。四リットルぶんの」

次世代ガソリンのサンプルは、手つかずのままだった。複製のための分析は始まっていなかった。莉子はほっと胸を撫でおろしたい心境だった。

ランファンが涙をぬぐいながら、ゆっくりと近づいてくる。「莉子……。二国間の対立は、すぐには収まらない。しかもあなたは、不法入国したことになってる。孤立無援よね。わたしたちのせいで」

「……心配いらないってば」莉子は微笑んでみせた。「外にでて、おまわりさんに声をかければいいだけのこと」

「えっ」ランファンは泣き腫らした目を瞠った。「そんなことしたら、捕まっちゃうわよ」

莉子はすでに覚悟を決めていた。けれども、けっして後ろ向きな思考ではなかった。

「平気」と莉子はいった。「帰国への近道なんだから」

永い旅

午前十時半。白良浜美術館はきょうも開店休業状態だった。中国との緊張が高まり、観光の客足はぱたりと途絶えた。辺鄙な立地のちっぽけな美術館を訪ねる物好きは、いようはずもない。

それでも藤柴隆平は出勤していた。しばらくは熱をだして寝こんでいたが、回復するにつれ、じっとしていられない気分にさいなまれた。帰らない館長に、消えた『マタイ』。何がどうなっているのか、一刻も早く事実を知りたい。

がらんとした展示フロアにたたずむふたりも、同じ気持ちらしかった。倉本麻耶はそわそわしながら、デスクのまわりをうろついている。電話がこないかと待ちわびているのだろう。経理の猪島清仁も、険しい顔で螺旋階段を上ったり下りたりしていた。

藤柴はつぶやいた。「きょうも電話、ないんでしょうか」

麻耶が立ちどまった。「待つしかないでしょう」

猪島は階段から駆け下りてきた。「中国からの渡航も難しくなってきてるのに、このままじゃ完全に音信不通になるぞ。ここの経営も立ち行かなくなる」

深刻きわまりない空気が漂いだしたとき、聞き覚えのある女性の声がいった。「心配いりません。すぐに館長はお戻りになりますから」

はっとして藤柴はエントランスを振りかえった。

タイブラウスにジャケットを羽織った、ほっそりと痩せたロングヘアの女性がたたずんでいる。凜田莉子その人だった。

「り」麻耶が驚きの反応をしめした。「凜田さん⁉」

莉子は落ち着き払った態度で、麻耶を見つめていった。「会えてうれしい。凜田莉子さん」

猪島が眉をひそめた。「何？」

藤柴もわけがわからず、莉子と麻耶をかわるがわる見た。「あのぅ。なにをおっしゃってるんで……？」

だが麻耶はなぜか表情をこわばらせていた。無理に取り繕ったような笑みを浮かべる。「どうしてわたしを凜田さんだなんて……」

「なら本名を教えてくれる？　中国名でなんていうの」

「中国って」麻耶の笑顔はさらにぎこちなくなった。「いったいなんの話……」

「嘘をついたわね」莉子の鋭いまなざしが麻耶に向けられた。「桑畑館長のカフスはダンヒルだった。コンビニで買った安物なんかじゃなかった」

「……そうなの？　よく覚えてなかっただけよ。館長はたしかにカフスをファミマで買ったこともあるから、それを身につけてるんだとばかり……」

「ファミマでカフスなんか売ってない」

「売ってたわよ。レシートを見たし」

「どこのコンビニで買ったかきいたとき、電話越しにパソコンのキーを叩く音がした。レシートを調べたんじゃなくて、ネットで検索したんでしょう。コンビニの店舗名をでっちあげるために」

「失礼なこといわないで。レシートはスキャナで取りこんでデータ化して管理してるの。それを呼びだしただけよ」

「ファミマ銀座三越店なんてね。館長さんが買い物できるわけないのよ」

「できるわよ。ちゃんと存在する店舗よ」

「どうしてそういえるの？」莉子の目つきは冷やかなものになった。「ファミマの公式サイトで店舗一覧にでてたから？　いかにもカフスが売ってそうなお店を選んだんでしょう。銀座三越の地下四階、従業員休憩室にあるコンビニとも知らずに」

麻耶はぎくっとした顔になった。「じゅ、従業員休憩室……」

「ファミマ銀座三越店は、デパートの関係者以外利用不可なの。そのとき、わたしは事実に気づいた。館長代理だなんて詐称にすぎない。館長さんから指名を受けてもいなければ、そもそも知り合いでもない。北京語に堪能だったのは、中国人だから」

猪島が目を剝いた。「館長の教え子じゃなかったのか⁉」

追い詰められたようすの麻耶が、いっそう表情を硬くした。

莉子はいった。「第二回洋上鑑定の日、あなたはこの美術館の業務が終わった後、港へ行き仲間たちの待つ船に乗った。中国から密航してきたその船には、偽の海警局の制服が十人と、偽の牧野教授、長峰准教授、廣岡研究員が待ってた。全員が北京語を喋れた。じつは中国人だったんでしょう。積荷は北京から持ちだしてきた瓢房三彩陶。そしてあなたは、偽の凜田莉子になった」

麻耶は顔面を紅潮させた。「馬鹿なこといわないでよ！」

「……そう？」莉子は冷静な面持ちのままだった。

張り詰めた沈黙が漂いだしたそのとき、エントランスに靴音が響いた。

藤柴は衝撃を受けた。風呂敷に包んだ板状の荷物を小脇に抱え、桑畑光蔵館長が姿を現したからだった。

「か」藤柴は呆然と立ち尽くした。「館長……」

桑畑は悠然と歩いてくると、藤柴の肩をぽんと叩き、それから猪島と目であいさつをした。猪島も驚きに声もでないようすだった。

最後に桑畑の視線が麻耶に投げかけられる。桑畑はいった。「きみとは面識がないな。私が弥勒菩薩像の研究記録を残してないかどうか、調べたくて館長代理に成りすましたか。ご苦労なことだな」

麻耶は絶句した。怯みがちな反応をしめしながら桑畑を見かえす。

猪島が桑畑にきいた。「館長。それは？」

「ん？」桑畑はみずから携えた風呂敷包みを見やった。「ああ、これか。土産物だ。というより、本来はここにあった物だがな」

桑畑が風呂敷を取り払い、F4号サイズのキャンバスをこちらに向けた。

藤柴はさらなる驚愕に見舞われた。消えた『マタイ』がいま、館長の手のなかにある。

すぐさま猪島が駆け寄った。「本物ですか、それは」

ふんと鼻を鳴らして桑畑はいった。「鑑定家として名高い凜田莉子さんがいる。彼女にきいたらどうだ」

　莉子は静かに告げた。「まぎれもなく本物です。館長さんがサザビーズで落札した『十二使徒』のなかの一枚です」

　麻耶が苦々しい表情になった。「もともと館長が勝手に持ちだしたのよ」

「いいえ」莉子が麻耶を見つめた。「館長は『マタイ』を外にだしたりしていない」

　むっとした麻耶が見かえしてきた。「一か月前、館長が北京入りしたころに、本物の『マタイ』は大芬村に売られた。そう話したのはあなたでしょ」

「当初はそう思えたのよね。複製画がたくさん作られていたし、本物が大芬村に到着してから、一定の期間が必要と考えたの。でもそれは目くらましだった」

「目くらまし……」

「館長さんが複製組（フーダーズー）とつながりがあると、わたしに信じさせるための罠（わな）。館長さんは洋上鑑定の専門家に選ばれてたけど、弥勒菩薩像がふたつあることに気づいてたから、複製組（フーダーズー）にとって計画の邪魔になる。よって事前に誘拐するため、北京へおびきだした。わたしが館長さんに関心を持ったと知ったあなたは、不信の芽を植えつけようとした。館長さんが『マタイ』を持ちだし、大芬村に売ったうえ、その額縁には複製組（フーダーズー）の犯罪計画書が隠されてる。徹底してるわね。でも違う。本物はまだ海を渡っていなかった」

「なぜよ？　本物が大芬村になきゃ、精巧な複製画は作れるはずが……」

「大芬村の画工が描いたとは限らない。そうでしょう。あなたは复制组の本業も忘れてなかった。館長代理に成りすましながら、この美術館で最も高値のつく絵画『マタイ』の複製を、作れるだけ作っていた。日本国内の贋作職人に、本物を手本に描かせたのね。あなたはそれらを売って利益を得るつもりだった。でも、わたしが突然現れて、あなたは動揺した」

「あのとき、本物がまだここにあったというの？」

「ええ。緩衝材にくるまれてた『マタイ』は本物。よく見えなくても、わたしはその美しさに魅せられた。あれは偽物じゃなかった。あなたはほかに、複製画を十枚ほども隠していたのよ」

「それらがほんの四日後に、大芬村で見つかるなんて。ありえないでしょ」

「ありえるわよ。あなたはそれらぜんぶをランファンに預けた。彼女は高さ四十センチ、幅三十センチのトランクを転がしてた。F4キャンバスは縦三十三・三センチ、横二十四・二センチ。十枚なんて余裕でおさまる。名画といっても一般に広く知られてる絵じゃないし、出国時のX線検査でも問題視はされない。本物も複製画も、わたしとともに中国に渡ってたのよ」

麻耶はなにかをいいかけて口をつぐんだ。反論をひねりだせなくなったらしい。

莉子はいった。「潭柘寺の帰り道、ランファンはわたしより先に露天商通りへ走っていった。複製画を売る店にも复制组のメンバーは多かったのね。彼女はトランクに入れていた『マタイ』の複製画を、店先に置かせた。大芬村でも、手分けして探そうと提案してきたのはランファンだった。彼女が複製画を次々に店に提供していった。村に深く分けいるにつれて、徐々に複製画の出来がよくなるようにして誘導し、最終的にいちばん出来のいい複製画にたどり着かせた。そこには本物と、ＳＤＸＣカードが隠された額縁も預けてあった。……わたしの前では、みな真実を口にしないよう釘を刺されてた」

藤柴には話が見えなかった。おずおずと口をはさむ。「あのう……。よくわからないんですが、僕が『マタイ』を盗んだわけじゃないってのは、証明されたんでしょうか」

莉子はうなずいた。「ええ。とっくに」

ほっとしたのもつかの間、麻耶は目を怒らせて睨みつけてきた。「いいえ。十二枚の絵は藤柴君が管理してた。二階へ運んだのも鍵をかけたのも藤柴君」

すると莉子が憤りのいろを浮かべた。「まだそんなことというの？　あなたは藤柴さんを言葉巧みに誘導し、『マタイ』が消えた責任が彼にあるよう思いこませたのよ」

猪島が渋い顔になった。「いってることがよくわからんが……」

すかさず莉子が告げた。「最初はここにあったけど、藤柴さんが作業に入るころにはなくなってた、それだけ。直前に倉本さんが藤柴さんに、庭の水撒きをするよう求めたでしょう。藤柴さんは『朝じゃなくいまからですか』といった。倉本さんは『陽が昇ってからじゃ、水が温まってお湯になっちゃって、根に悪い』そう答えた。けど、まだ五月下旬でしょう。九州とはいえ真夏じゃないんだし、朝の陽射しで水はそこまで温まらない。藤柴さんを外にだしたかっただけよね。猪島さんは買いだしに行くことになってた。わたしと小笠原さんは二階へ追い払われた。ひとりになった倉本さんは、難なく『マタイ』をどこかに隠しおおせた」

麻耶がいっそう憤然とした。「藤柴君の証言をきいてなかったの？　彼が『十二使徒』を六枚ずつに分けて、片方を飾り、片方を二階にしまいこんだのよ」

「いいえ。あなたがそう思いこませただけだってば。『助言してあげるからやってみて』とあなたは藤柴君にいった。その言葉どおり、こと細かに指示したでしょう。まず台車に積み重ねてあった十二枚のうち、上から六枚を脇にどかすように告げた。藤柴君は半々になったと思いこむ。実際には十一枚しかないから、台車の上に残っているのは五枚のみ。でも緩衝材の巻かれ具合も額縁もそれぞれ違うから、厚みの比較だけでは容易に気づけない」

麻耶は藤柴を見据えてきた。「藤柴君。もういちど証言なさい。六枚ずつ半々に分けたあと、あなたは好きなほうを壁に飾ったのよね。自由に選んだはずよ」

莉子が割って入った。「そこがあなたの巧妙な誘導だったのよ。助言にみせかけて、あなたは『どちらでも好きなほうを選んで』とだけいったはず。藤柴さんが六枚のほうを選んだら、それを壁に飾るよう指示する。あたかも最初からそのつもりだったかのようにね。もし藤柴さんが選択したのが五枚のほうなら、それを二階へ持っていくように伝えた。ごく自然な流れで告げることで、藤柴さんには自分で選択したという感覚だけを残させ、どちらも六枚だったと信じさせられる」

藤柴は息を呑まざるをえなかった。

でも……。たしかにそうだ。初めての単独作業に、僕は緊張しきっていた。台車から残りの絵をいちどに抱えあげたとき、枚数をたしかめはしなかった。六枚あって当然、そう思いこんでいた。絵は二階に運び、部屋のなかに立てかけ、すぐ廊下にでて鍵をかけた。

僕が庭へ水撒きにでる前、麻耶は莉子に『マタイ』を披露した。しかしその後、麻耶は絵を順不同に台車の上へ戻した。重なった十二枚のどのあたりに『マタイ』があるのか、判然としなくなっていた。

あれも麻耶の意図的な行動だったのだろう。壁に飾ったほうの六枚に『マタイ』が含まれていないのを、特に意味あることとは感じなかった。

桑畑が莉子にきいた。「彼女はなぜそんな面倒なことを仕掛けたのかね。密室から絵が消えるなんて怪事件を演出したんじゃ、彼女自身にも疑いの目が向けられてしまうかもしれんのに」

莉子はいった。「密室は偶然でした。本来は、ただ二階に上げたはずの『マタイ』が消えた、そんな事態にしたかっただけなんです。二階にはわたしと小笠原さんがいました。つまり来客のしわざだと印象づけられた」

「きみらを犯人に仕立てようとしたのか。二階から裏の非常階段へ持ちだしたとでも」

「藤柴さんと猪島さんもそう証言します。当然、通報すべきとの結論に至るでしょう。でも、猪島さんが事前に部屋の鍵をかけてしまった。鍵は一本しかなく、藤柴さんに渡された。倉本さんは絵を見せるといって二階へ誘ったけど、上ってから初めて鍵がかかっている事実に気づいた。でも平静を装った。彼女の思惑とは違い、絵の紛失をわたしや小笠原さんのせいにできなくなった。警察が駆けつけても、ただ不可解な事態を説明するしかなかった」

「ふむ」桑畑は腕組みをした。「彼女がきみを泥棒にしたかった理由は？」

「わたしへの対処法は、复制组（フーヂーズー）の側に山ほど用意されていたでしょう。あの段階では、わたしをランファンとシャオに引き合わせ、中国へ渡る気にさせようとしていた」

「なるほど」桑畑がうなずいた。「日本にはもう居場所がないときみを追いこむためか。マスコミばかりでなく、警察からも逃げざるをえなくなる」

「ええ。博多へ誘導され、そこから国外へ追いだされ……と、詰将棋のように選択の幅を狭められてると感じました。一手ずつ指していく局譜では罠（わな）から抜けだせません。だから二手動かすことにしたんです」

「きみはまだ警察から容疑者とみなされてはいなかった。土俵際まで追い詰められてなかったのに、みずから中国に乗りこむ道を選んだわけだ。その勇気が、後手だったきみを先手に変えた。复制组（フーヂーズー）のシナリオを狂わせるきっかけになったんだ」

「彼らの準備が不充分なうちに、わたしが率先して動きだしたことで、隙（すき）を見いだせたんです。复制组（フーヂーズー）の拠点にはコピー商品の入ったダンボール箱が置きっぱなしになってた。ランファンも大慌てで『マタイ』の複製画を撒くことになった」

「敵陣を崩して弱点を浮きあがらせた。復制組を壊滅に至らしめたのは、きみの機転に違いないな」

麻耶がふいに声を張りあげた。「壊滅ですって⁉」

一同の視線が麻耶に注がれる。麻耶はしまったという顔になったが、不安よりも憂いのいろを濃くしはじめた。

桑畑が麻耶をまっすぐに見据えていった。「戦争は終わったんだ。最前線の兵士も国に帰るときがきたんだよ。ここにはもうきみの居場所はない」

「……嘘」麻耶はつぶやいた。「まだ終わってない」

「罪状はすべてあきらかになっとるんだ。償うことが明日への第一歩だろう」

麻耶は目に涙をにじませながら怒鳴った。「罪状って何よ！　でたらめもいいとこ。わたしは『マタイ』を盗んでなんかいない。偽の凜田莉子なんか演じてない！」

莉子が落ち着き払った声でいった。「軍隊並みに武装した十人を相手に陶器を奪取したからには、よほど身が軽いんでしょう。オリンピック強化選手として育ったからよね。でも、復制組の反逆は挫折に終わったのよ。いかに高貴な理想であっても、犯罪によって成し遂げられることはない」

「嘘よ！」麻耶は髪を振り乱して叫んだ。「ふざけないで。革命はまだ始まったばかりよ！」

　そのとき、藤柴はエントランスの外に騒然とする響きをきいた。クルマのエンジン、ドアを叩きつける音。複数の靴音。それらが渾然一体となって耳に届いた。

　はっとした顔の麻耶が次にとった行動は、藤柴の想像を超えていた。

　麻耶は素早く螺旋階段を駆けのぼり、半分を過ぎたあたりで、二階のバルコニーへ跳躍した。猿のような身のこなしで手すりを乗り越え、通路へ姿を消す。

　藤柴は呆気にとられた。なるほど、武装した十人を翻弄できそうな身体能力……。

　猪島がエントランスへと走りだした。「非常階段だ！　裏口から逃げるつもりだぞ」

　おそらくそうだ。藤柴は猪島を追って駆けていった。

　外にでると、美術館の正面には赤色灯が無数に波打っていた。パトカーが包囲し、警官隊がひしめきあっている。その物々しいばかりの光景に藤柴は圧倒されたが、静止している場合ではなかった。裏手に急がねば。

　建物の脇を走り、従業員駐車場に達する。先行する猪島がふいに静止したため、藤柴は危うくその背に衝突しそうになった。

　立ちどまったそのとき、駐車場の異様な雰囲気をまのあたりにした。

非常階段を駆け下りたのだろう、麻耶は息を切らしながらたたずんでいる。だが、それ以上の逃走を謀るようすはなかった。

彼女の行く手には、警官とはまた別の異様な集団が立ちふさがっていた。全員がスーツを身につけている。アジア人だが、日本人とはどこか異なる。角刈り頭と、屈強そうな身体つきが大半を占めていた。

莉子は美術館裏の従業員駐車場へと駆けこんだ。桑畑が後ろから、ぜいぜいと肩で息をしながらついてくる。

麻耶が中国公安部を前に、呆然(ぼうぜん)と立ち尽くしていた。人垣の先頭に立つ初老の男性が、ゆっくりと麻耶に歩み寄る。

男性は麻耶に対し、北京語で冷やかにいった。「洋上鑑定以来だな。覚えてるかね、リウ・ドゥチュンだ。鬼ごっこは終わりだよ、凜田莉子」

その瞬間、すべてが裏づけられたことを悟ったのだろう、麻耶は肩を落とした。

莉子は近づいた。本物のリウの視線が莉子に向けられた。

リウはつぶやいた。「すべて事実だったんだな。北京で公安部に捕まった凜田莉子について確認を求められたが、まるで別人と知ってショックだったが」

彼が別人だと思ったわたしこそ、本当の凜田莉子だった。

二日前、人民警察に身柄を拘束され取り調べが始まった。莉子は恐れなかった。洋上鑑定の参加者たちが、マジックミラーの向こうで監視することは推測できたからだ。全員が凜田莉子を別人と一蹴した。しかし、パスポートはまぎれもなく本物だった。すなわち、リウたちが会った莉子は偽者、そう結論づけられた。外交部を通じ緊急の伝達がおこなわれ、白良浜美術館に潜む自称倉本麻耶の身柄確保のため、リウと公安部が日本への入国許可を求めた。交換条件は中国側の武装解除。すなわち、外交上の譲歩だった。一触即発の危機を回避したいと望む日本政府がこれを受けいれ、莉子は公安部とともに海監51で博多港に運ばれた。

リウは麻耶を見つめた。麻耶は無言で視線を落としていた。

やがてリウは静かにいった。「私の孫も業余体育学校に入ってる。虐待を受けているとは思わない。だが、ときおり痛々しく感じる」

麻耶が顔をあげた。驚いたようなまなざしがリウを見かえす。

「気持ちはわかる、そう公安部に伝えておく」リウの虹彩のいろが、わずかに変化した。「帰ろう。船のなかで、きみの話をしてくれ。私も孫の話をしよう」

しばし黙りこくっていた麻耶が、目を潤ませながら鬱屈に沈んだ。スーツが数人、彼女の周りに群がる。麻耶は抵抗をしめさなかった。男たちの誘導に従い、クルマへと歩きだした。

リウが莉子に目を向けてきた。「どうやら、洋上鑑定は著しく不完全だったようだね。きみと私が出会ってもいなかった以上、始まってすらいない。きちんと果たさねば」

莉子は微笑とともにうなずいてみせた。「はい」

「東シナ海で会おう。凜田莉子先生」リウは踵をかえすと、スーツの男たちを引き連れ車両へ立ち去っていった。

公安部の撤収をしばし見守る。そのうち、藤柴が不安顔でささやいた。「あのう。僕、逮捕されないんですよね？」

猪島が呆れたようにいった。「おまえ、いまさらかよ」

桑畑は莉子の横に並び、感慨深げにつぶやいた。「希望を感じるのはひさしぶりだ」

「ええ」莉子は心からささやいた。「鑑定家として、ようやく依頼に応えられます。永かった……」

時代

雲ひとつない青空の下、静穏をたたえる海原に浮かぶ護衛艦いずもの甲板に、凜田莉子はたたずんでいた。

全長二百四十八メートル、ヘリコプターの離着陸に特化した平甲板型の空間は、船というより孤島そのものに思える。港のコンクリで固められた宏闊を髣髴させた。風は髪を泳がすていどの微力に留まり、もの音もほとんど耳に届かない。

それでも、目の前には大勢の人々がいる。日本の内閣閣僚、全国人民代表大会の主要な顔ぶれが一堂に会していた。全員が硬い顔でパイプ椅子に着席し、沈黙を守っている。

彼らが注視するのは、莉子が向きあう四つのテーブルだった。弥勒菩薩像がふたつ、瓢房三彩陶がふたつ。

仏像と陶器の専門家らがテーブルをめぐっている。誰もがルーペを握りしめ、熱心に対象を観察する。ここにも言葉を交わしあう向きはない。みな対象の持つ崇高なる芸術性に惹きつけられているからだろう。

だが莉子は、その寡黙なる集団鑑定には加わらなかった。もう充分に見た。真実はすでにあきらかだった。四つとも本物に間違いない。

佐々木和郎教授が顔をあげ、日本の閣僚に向けて告げた。「仏像はいずれも真作です。ひとつは遣隋使による半跏思惟、もうひとつは隋の職人が仕上げた、脚を交差させる弥勒菩薩です。ごくわずかな違いであり、同一人物の作と見まがうほど共通しておりますが、いまなら明言できます。これは師弟による競作です」

ざわつきが起きる暇すら与えず、牧野清隆教授も発言した。「瓢房三彩陶も同様です。それぞれ遣唐使と、唐の工芸家が手掛けたものでしょう。一見しただけでは差はほとんど感じられませんが、鑑定をおこなえば、日中それぞれの作風が随所にあらわれているとわかります」

通訳が北京語で伝える。習近平主席は、隣りの李克強首相となにやら言葉を交わしてから、自分たちの国の専門家に視線を向けた。目で発言をうながしている。

ウー・トンション教授が北京語でいった。「日本側の意見を全面的に支持します。弥勒菩薩像はふたつ存在したのです。いずれも第二回遣隋使、六〇七年から六〇八年ごろに作られたとみて間違いありません」

最後にリウ・ドウチュンが落ち着いた声を響かせた。「歴史的に極めて貴重な発見です。隋と唐の時代、倭国と対になる一種二組の作品を分け持つ慣わしがあったのです。おそらく、ほかにもこうした競作は存在するのでしょう。当時の皇帝は、倭国を低く見ていたことが文献からうかがい知れます。しかし、これらの作品が存在する以上、少なくとも文化においては互いを認めあっていたのです。千四百年以上も前からの、中日両国の信頼の証しです」

日本語で通訳がなされる。遠巻きに見守る報道陣から、いっせいにカメラのシャッター音が響きだした。陽の光の下でも、なお鮮明に撮ることを望んでいるのか、フラッシュがさかんに閃く。

マスコミは新聞とテレビの記者がほとんどだった。ふつう、雑誌記者は重要な会見の場から閉めだされる、小笠原悠斗はよくそうこぼしていた。

しかしいま、悠斗は群れの最前列にいた。かなり距離があるにもかかわらずＩＣメモリーレコーダーを突きだし、なんとか声を拾おうとしている。莉子は思わず微笑した。この規模の会見に必要な取材用ツールを、彼は持ちあわせていないのだろう。

安倍晋三総理は、麻生太郎副総理と話しこんでいた。それが終わると、安倍はゆっくりと立ちあがった。「鑑定の専門家のみなさまに、深く感謝申しあげます。ここ二か月間、中国からのコピー商品流入が激減している事実も併せ、両国関係の見直しに入るべきかと存じます」

通訳が北京語に翻訳して伝える。習近平主席もゆっくりと腰を浮かせた。

習主席が告げた。「いわゆる複製品の問題に関しては、复制组(フーヂーズー)なる団体が自然消滅に至ったとみられるとの報告を受けています。中日両国間の関係において、知的財産権侵害はもはや問題ではなくなりつつあります。これらの美術品は、先人から私たちへのメッセージでしょう。両国が新しい協調の時代を迎えるべきとの思いを、私も強くしております」

日本語で翻訳が伝えられると、報道陣はいっそう騒々しくなった。陽射しが温かみを帯び、風も爽(さわ)やかに感じられてくる。莉子は安堵(あんど)がひろがっていくのをまのあたりにした。専門家たちも表情を和ませている。

しかし……。莉子はまだ予断を許さないと思っていた。最後の謎解きが残っている。洋上鑑定は二度とも、日中間で遭遇ポイントをずらされていた。当事者たちに間違った座標が伝えられた。

その位置は、両国のふたりの政治家たちによる協議で決定された。杉浦周蔵東アジア貿易担当大臣と、中国のツォン・パオセン中央政治局委員だった。

　ふたりともこの場に出席している。表情からは判然としない。けれども、間もなくあきらかになる。莉子はそう確信していた。黙って状況を見過ごせるはずがない。工作が無駄になるばかりか、みずからの立場も危うくなるのだから。

　複製組（フーヂーズー）に協力したのは、ふたりのうちどちらかひとりだ。一方だけ位置を変えれば計画は果たしうる。いずれかが故意に誤った座標を、自国の専門家チームに伝達した。

　安倍総理が通訳を通じ、習主席に告げた。「東シナ海域の安全確保のため、新たな条約の枠組みを……」

　そのとき、ふいに杉浦が立ちあがった。「お待ちください！」

　甲板上は静まりかえった。全員の目が杉浦に向けられる。

　杉浦はつかつかと前にでてきた。「対中政策転換の主たる根拠が、これらの美術品というのなら、おおいに問題のある判断ですぞ。総理」

　安倍が怪訝（けげん）な面持ちになった「というと？」

「こちらにおいでの専門家のみなさまには、深く敬服しております。しかし、いかなる専門家にも見抜けない偽物を作れる、驚異的な腕を持つ贋作（がんさく）家がいるのをご存じですか」

莉子のなかに鈍い緊張が生じた。目の前で演説をぶつ杉浦をじっと見つめる。

「コピア」杉浦は悠然と声を張りあげた。「その名で知られる日本人の贋作家がおります。専門家のみなさまも、彼の贋作でないと断言できますかな?」

居並ぶ専門家たちは一様に困惑の表情を浮かべた。

佐々木が杉浦にいった。「私たちは報告に自信を持っております。コピアの名はきいたことがありますが、あくまで噂です。彼の贋作と証明された例はなく、伝説の域をでません」

杉浦はにやりと笑った。「証明された例がないとおっしゃるが、それはコピアの贋作が完璧だからです。科学鑑定ですら本物とでるのです。だが警視庁はコピアの存在を把握しております。いまだ指名手配に至る証拠は揃えられておりませんが、コピアがいる以上、真贋の鑑定は無意味なのです」

麻生副総理が口を尖らせた。「杉浦君。なにがいいたいんだね」

「私は総理に、中国側への譲歩は時期尚早と申しあげておるんです。本物とうりふたつの偽物を作る男がいるからには、中国がその男に依頼しなかったとどうしていえましょう。この場の鑑定で、歴史のすべてを見た気になられるのはいかがなものかと」

牧野教授が憤りのいろを浮かべた。「私たちへの冒瀆です」

だが杉浦は矛を収めようとはしなかった。「コピアの贋作を見抜ける人間が、このなかにひとりでもいますかな。無理でしょう。隋や唐の時代の二国競作など、いまになってでっちあげた作り話に過ぎない可能性もあります。専門家のいう本物がここにある。本物はひとつしかない。だから由来も真実だ……などと信じるのは、いささか短絡的ではありますまいか。コピアは現に、いまも日本にいることが公安警察により把握されておるんですぞ」

莉子は冷やかな気分になった。

コピアの贋作のはずがない。彼は洋上鑑定よりも早く、この件に関与しないことを表明してきた。弧比類巻黎弥は犯罪者だが、テロリストではなかった。スウの復制组（フーヂーズー）に手を貸して日中の対立を深めるなど、彼の流儀に反する。

杉浦はこれらの仏像や陶器が、コピア作でないことを承知でその名を持ちだしたのだろう。本物だという断定を揺るがすためだった。白を黒とまではいかずとも、グレーに染めれば、両国の歩み寄りを阻止できる。

さも得意げな表情を浮かべた杉浦に対し、莉子は告げた。「コピアが日本にいたからといって、贋作を手がけた証明にはなりませんけど。そっくりな人間もいるし」

杉浦が仏頂面で振りかえった。醒（さ）めた目つきが莉子に向けられる。小馬鹿にしたような態度で杉浦はいった。「別の可能性かね。申し訳ないが、コピアの双子の兄は警視庁に逮捕されとる。よって替え玉は存在しない。彼が日本にいたからには、唯一の本物をふたつにできた可能性は否定できんのだ」

その鼻息荒く、思いあがったような口ぶりに、莉子は真意を悟った。そもそも美術界を除いて、コピアの名など真っ当な人間が知るはずもない。

莉子はつぶやいた。「あなただったんですね」

「……何がだ」

「洋上鑑定の座標をずらし、両国の船が出会わないようにした。复制组(フーヂーズー)からの報酬が目当てなら、もう支払われる見こみはない。いまだに頑張ってるところをみると、中国への反感が強く対立を煽(あお)りたかったのが動機ですね。罠(わな)にかけたのはあなたです」

「なっ」杉浦の顔はみるみるうちに紅潮しだした。「なにを馬鹿なことを。座標をずらすだと？　私がツォン委員とは異なる座標を伝えたというのか。ありえん。日中協議で判明するはずだ」

「非公式の会合ゆえ、政府レベルでの協議による検証はありませんでした。たとえ報道があっても相手国の発表をプロパガンダと受け取るため、互いに真実を受けいれられません。そこまで意図した計画だったんでしょう」

「私はな、こんな怪しげな骨董を前にしただけで心変わりをしてはならないと、総理に申しあげとるんだ。コピアという唯一無二の存在が確認されとる以上は……」

「双子の兄は釈放されました」

突然の沈黙がひろがった。杉浦は面食らった表情で凍りついた。

「……なに？」と杉浦が呆然とつぶやいた。「釈放だと？」

「正確には保釈です。それ以降、コピアとされる人物を日本で見かけたにしても、本人でない可能性があります。公安警察の報告は無意味です」

杉浦は血走った眼で睨みつけてきた。「そ、そっくりの兄がいたとしてもだ、コピア本人は日本にいたんだ」

「そうですか？」莉子は杉浦を見つめた。「本人を見かけた。だから真実だと主張するのは、いささか短絡的ではないでしょうか。本人じゃなかったかもしれないのに」

「うっ……」杉浦は絶句の反応をしめした。

周囲はすでに、杉浦に対し疑心暗鬼のまなざしを向けていた。唐突に贋作家の話を持ちだし、和平ムードに水を差したからには、その政治的意図を問題視されて当然だった。

安倍が告げた。「杉浦君。主張があるなら後でじっくりきこう。それまで船室で待っていてもらうことになるが」

SPが歩み寄ってきて、杉浦を囲む。杉浦は苦虫を嚙み潰したような顔で項垂れていた。無言の圧力に押され、杉浦は歩きだした。SPの群れとともに遠ざかっていく。

莉子はひそかにため息をついた。コピアのいったとおりだった。兄の保釈について彼はこぼした。後になって、このほうがよかったと感じられるはずだ、と。

のろまを自覚しているペンギンを、すぼしこさに自信のあるシロクマは、決して捕まえられない……。彼はすべてを予見していた。なおも世俗を超越した贋作界の帝王だった。悔しいが、彼の達観に救われたといえなくもない。

安倍がネクタイの結び目を正しながら、莉子を見つめてきた。「本物をふたつにする贋作家？　あなたはご存じなんですか」

「……いいえ」莉子はつぶやいた。「そんな人、いないと思います」

麻生も渋い顔でうなずいた。「まったくだ。漫画の『ゼロ』じゃあるまいし」

思わず莉子は微笑しかけたが、総理の前だと思い直し、真顔を努めた。

習主席が、李首相を伴い歩み寄ってきた。安倍総理と麻生副総理が、居ずまいを正して向き直る。

通訳を通じて習主席がいった。「きょうは歴史的な日になる。一九七二年九月二十九日、国交正常化以来の」

「その通りです」安倍がうなずいた。「互いを尊重し歩んでまいりましょう。隋や唐の時代、荒波を乗り越えて結ばれた両国の思いを規範として」

ふたりが握手を交わしたとき、日中の政治家たちは立ちあがり拍手した。万雷の喝采と、眩いばかりのフラッシュの明滅。莉子はここしばらく胸のなかにひろがっていた濃霧が、ようやく晴れていくのを感じた。心が洗われていくようだった。

いつしか拍手は莉子に向けられていた。ふと気づいたとき、両国の首脳も莉子に微笑みかけ手を叩いていた。仏像と陶器の専門家たちも同様だった。

莉子は恐縮し、照れながら頭を深々とさげた。この場に留まるのは、あまりに荷が重い。あらゆる人々に対し、おじぎを繰りかえしながら莉子は引きさがった。政治家らの集団を大きく迂回し遠ざかる。

しかし、祝賀の空気から容易に抜けだすことはかなわなかった。階段に達する前に報道陣が押し寄せてくる。マイクをさかんに突きつけてくる群れを、SPが堰きとめようと躍起になっていた。

誰もが叫んでいた。凜田先生。ひとことお願いします。総理と主席を前に、何をお話しになりましたか。いま誰かに伝えたい言葉はありますか。

莉子は足をとめた。誰かに伝えたい言葉……。
振りかえると、記者たちは静まりかえった。莉子の発言を待っているらしい。その
なかに悠斗がいた。職務に徹しているのか、あわててICメモリーレコーダーをこち
らに向けてくる。

その生真面目さが愛おしく思える。莉子は思わず微笑しながらいった。「同じ発音
の漢字を充てるの。ひらがなやカタカナのない中国の人が、わからない漢字を書くと
きには」

記者たちは啞然とした。悠斗も同様に、ぽかんとこちらを見つめている。
しかし、彼ひとりに向けられた答えだと気づいたのだろう。悠斗は笑顔になった。
集団から抜けだして、悠斗がひとり歩み寄ってくる。莉子と向きあい、悠斗は告げ
てきた。「独占インタビュー、受けてくれますか」

莉子は歓びに溢れる思いとともに応じた。「もちろん」

「よし」悠斗は莉子の手を握って引っ張った。「じゃあ行こう」

ふたりで甲板を駆けだす。背後で記者たちが騒然となった。

怒号が飛ぶ。「週刊角川！　抜けがけする気か。待て！」

莉子はかまわず、悠斗と手を取りあい全力疾走した。友達と意地を張りあった子供

のころのように、はしゃいだ声をあげながら駆けていった。

広大な甲板に視界は開けた。ガラスのように艶(つや)やかで澄みきった紺碧(こんぺき)の空と、太古のごとく静かな威厳に満ちた海原の境界に、いまにも手が届きそうに思える。全身に風を受け走りながら、悠斗と笑顔を交わしあった。

新しい時代が始まる。わたしたちにとっても。莉子はそう実感した。

解説

神谷竜介（編集者）

おもわず膝(ひざ)を打つような知識と情報が随所に散りばめられ、如何(いか)なる難局においても決して人が死ぬことのない温かく前向きな物語、というコンセプトが「万能鑑定士Qシリーズ」の一方の基盤だとすると、もう一つの特徴として、驚くほど巧みに現実社会の出来事が取り込まれ、物語に奥行きと深み、リアリティを与えていることを挙げないわけにはいかない。それは東日本大震災や有楽町西武閉店のような大きなエピソードから角川書店本社の引っ越し（笑）、さらにはいささかゴシップめいたトピックにまでおよび、読者を同時代の物語として作品中に引き込む効果を生み出している。

こうした作者の手法はデビュー作である『催眠シリーズ』の頃から一貫したものだが、本物とまったく見分けのつかない偽札が出まわり日本にハイパーインフレーションが起こるという想像を絶する難事件の解明に挑んだシリーズ第一作以来、「万能鑑定士Q」においてますます磨きがかかった感がある。そして、本作『万能鑑定士Qの謎解き』は、一つの頂点（ピーク）を為すのではないかと思われるのである。
該博（がいはく）な知識と論理的思考（ロジカル・シンキング）を武器にさまざまな事件・犯罪を解決してきた美貌（びぼう）の鑑定士、凜田莉子（りんだりこ）。二十三歳にして飯田橋の雑居ビルに「万能鑑定士Q」の看板を掲げ、卓越した観察眼と分析力で絵画に彫刻、骨董（こっとう）、宝飾品やブランド品、果ては卵の新鮮さ（！）までを鑑定する彼女は、これまでも暴力団によるエメラルドの原石密売を防ぎ、盗難されかけた五億円のダイヤモンドペンダントや名画モナ・リザを守り、あるときはパリのレストランを営業停止の危機から救ってきた。その莉子が本作で対峙（たいじ）するのはなんと、現在、一九七二年の国交正常化後、最低とまで言われる政治的緊張状態にある中華人民共和国である。

ともに奈良時代前後に製作され、かたや日本の福岡にある弥勒菩薩（みろくぼさつ）像、そして中国・北京にある瓢房（ひょうぼう）三彩陶。いずれの文化財も日中が自国起源を主張、返還を求めたため、両国の学会の対立はエスカレートし重大な外交案件となりかけていた。そこで一部の政治家と研究者が交渉にあたり、日中の中間である東シナ海上で両国の専門家による非公式な〝洋上鑑定〟が行われることになる。ところが弥勒菩薩像を調査する一回目の鑑定は、まったく「公平さや公正さを欠い」たものとなり、弥勒菩薩像は武装した中国海警局の手によって「略奪」されてしまう。安倍（あべ）内閣は自衛隊の護衛艦と潜水艦を東シナ海に展開し、在日米軍もこれに同調。一方の中国も東海艦隊の一部を派遣するなど尖閣危機を上まわる緊張状態のなか、その打開を目指し、約束されていた二回目の洋上鑑定が実施されることになる。中国から持ち込まれる瓢房三彩陶の日本側鑑定チームに選ばれた莉子は、用いられた土の粗さからそれが日本産であることを立証し、見事、瓢房三彩陶は日本側の手に渡ったかに思われた。ところが翌日、中国政府は日本側が強引に瓢房三彩陶を持ち去ったと発表し、それを伝えるニュースのなかで鑑定グループ、莉子の名前も大きく報じられることになってしまう……。

物語の導入を読んで今更のように感じるのは、時代と切り結ぶ松岡圭祐という作家の膂力の強さである。安倍晋三首相や中国の習近平国家主席を実名で登場させ、背景となる日中関係の緊張や、中国の情報発信・広報戦略のうまさ、つねに後手にまわりがちと思われる日本の対応など、多くの日本人が日頃、多かれ少なかれ感じている苛立ちをストーリー中にいやらしいほど効果的に織り込んでくる。それでいて、日本人が中国側に抱く思いだけでなく、中国側から日本がどう見えるのかについてもきちんと描きだす視座を持っているところが、作者の卓抜した技量を示していると言えるだろう。魅力的な登場人物たちに恵まれているとはいえ、とかく政治的メッセージを含んでしまいがちなテーマを、バランスを欠いたイデオロギー論や感情論を交えることなく、極上のエンターテインメントに仕立て上げるその腕前には感歎するほかない。

やや旧聞に属するが、二〇〇六年から三年にわたって日中両国を代表する五十人近い歴史・政治史学者が結集し、「日中歴史共同研究」という研究会が行われたことがある。当初、全面公開されることになっていた最終報告書が中国側の強い要求で一部非開示になるなど、後味の良くない部分もあったが、この共同研究のなかで明らかにされたことは多かった。国民性、社会風潮、教育、思考パターンなど、歴史認識には多くの要素がからむため、双方に双方の正義と思惑があり、どちらかを一方的に独善とは言えない。外務省のホームページに掲載された最終報告書の「近現代史総論」には「中国側は、日中両国間に発生した一連の問題の本質を重く捉えたが、日本側の研究者は問題発生と展開のプロセスを追求する傾向があった」との一文が見いだせる。

たとえば日中の衝突についても、日本側は原因を突き詰めなければ事件の評価を定めることは出来ないと考えるが、中国側は事件のインパクトとダメージを見れば評価は可能と考えているのである。こうしたボタンの掛け違いが生み出す齟齬は決して小さなものではない。その意味でも、文化財の起源と返還問題をはじめ、今日、日中両国間に横たわる多くの難問に対して本作の投げかける温かく前向きなメッセージは重く、それが一人でも多くの読者に届くことを望んでやまない。

本シリーズをいわゆる「日常の謎」系のミステリとして分類する向きもあるようだが、これまで述べてきたような理由で私は個人的にその説を採らない。確かに岡崎琢磨氏の『珈琲店タレーランの事件簿シリーズ』や三上延氏の『ビブリア古書堂の事件手帖シリーズ』に先駆けて、ライトミステリというジャンルを切り開いた作品ではある。しかし、つねに時代性と現実社会を意識した作風は、身のまわりの風景の中で完結した「日常系」とは明らかに一線を画し、味わいかたも異なるように思われる。

最後にもう一つ。記念すべきシリーズ通巻二十冊目となる本作は、のちのちシリーズ全体を振り返るとき「あの二人の関係にとても大切な変化が訪れた巻」として記憶されることになりそうだ。聡明な莉子と、シリーズ第一作以来の誠実なパートナーである「週刊角川」記者、小笠原悠斗。相手を思うあまり身を引いてしまう、なんとも鈍感で不器用な二人の関係にやきもきしてきた読者は私だけではないだろう。危機の逃避行の中、互いを思いやる二人の間で交わされる密やかな、でも決定的な言葉。次巻からの莉子と悠斗の関係の変化にも注目したい。ますます目が離せない「万能鑑定士Q」なのである。

本書は書き下ろしです。

この物語はフィクションです。登場する個人・団体等はフィクションであり、現実とは一切関係がありません。

万能鑑定士Q

次回作「ムンクの叫び」(仮題)をお楽しみに

8月25日発売予定

6位　万能鑑定士Qの事件簿 VI

莉子のライバル、万能贋作者雨森華蓮登場。最強のライバルとの対決に多くの読者が魅了された。

7位　特等添乗員αの難事件 III

ラテラル・シンキングで恋も仕事も順風満帆だった絢奈に試練が。恋人を大スキャンダルから守れるか？

8位　万能鑑定士Qの事件簿 V

シリーズで初めて海外を舞台にした記念作。パリの地でも莉子の推理が冴え渡った。

9位　万能鑑定士Qの推理劇 I

事件簿シリーズが終了し、新たな幕開けとなった本作。某有名ミステリ漫画の謎解きを本家より早く披露したことでも話題に。

10位　特等添乗員αの難事件 II

聡明な絢奈の唯一の弱点が明らかになってしまう本作。恋と仕事の危機を乗り越えられるか？

※新しいランキングは、皆様のお手紙・お葉書・各種キャンペーンへの
応募葉書等をもとに集計したものです（2014年4月下旬時点）。
多数のご応募ありがとうございました。

コミック版
万能鑑定士Q（キュー）の事件簿
原作＝松岡圭祐
漫画＝神江ちず
キャラクター原案＝清原紘
YOUNG ACE
ヤングエース
絶賛連載中!!
毎月4日発売

小説Ⅰ、Ⅱ巻のハイパーインフレ事件を収録した
コミックス①〜③巻絶賛発売中!!

古都鎌倉を舞台に、
最大のライバルとの対決が始まる!!

営利目的のため、あらゆる偽物を作る万能贋作者・雨森華蓮。インターポールがマークするほどの彼女を逮捕するため警察が頼ったのは、ハイパーインフレ事件を収束させた万能鑑定士・凜田莉子だった。大衆雑誌『週刊角川』編集部も巻き込んで大がかりな計画が開始される。

万能贋作者・雨森華蓮が登場する
コミックス第④巻は5月26日発売!!

Kadokawa Comics A　B6判／各560円+税

原作ファンも
必読の一冊です!!
「旅先でのどんなトラブルや難題にも対応できる添乗員の育成」に頭を抱えるエリート官僚・壱条那沖。彼の前に彗星のごとく現れたのは、中卒でニートの落ちこぼれだが〝水平思考＝ラテラル・シンキング〟という才能を持つ、添乗員志望の浅倉絢奈だった。絢奈は、那沖との出会いにより、〝論理的思考では解決できない難事件〟を予想もつかない手段で瞬時に解決していくのだが…!?
月刊ASUKA(毎月24日発売)にて連載中!
※ASUKAの公式HPでちょこっと試し読みできちゃいます♪
ラテラル・シンキングに挑戦!!
問題
ホールケーキに3回だけナイフを入れて、8等分にしてください。
答えは、コミックスで確認してね♪
特等添乗員αの難事件
I
コミックス
第1巻
大好評発売中!!
あすかコミックスDX／B6判／定価:本体560円+税
発行:株式会社KADOKAWA　編集:角川書店

「Qの事件簿」シリーズ

凜田莉子、23歳——瞬時に万物の真価・真贋・真相を見破る「万能鑑定士」。稀代の頭脳派ヒロインが日本を変える。書き下ろしシリーズ開始！

従来のあらゆる鑑定をクリアした偽札が現れ、ハイパーインフレに陥ってしまった日本。凜田莉子は偽札の謎を暴き、国家の危機を救えるか!?　シリーズ第2弾。

莉子はなぜ賢くなったのか

KEISUKE MATSUOKA
CASE FILES OF ALL-ROUND APPRAISER Q
KADOKAWA BUNKO

万能鑑定士Qの謎解き

松岡圭祐

平成26年 5月25日 初版発行

発行者●山下直久

発行所●株式会社KADOKAWA
〒102-8177 東京都千代田区富士見2-13-3
電話 03-3238-8521(営業)
http://www.kadokawa.co.jp/

編集●角川書店
〒102-8078 東京都千代田区富士見1-8-19
電話 03-3238-8555(編集部)

角川文庫 18564

印刷所●株式会社暁印刷 製本所●株式会社ビルディング・ブックセンター

表紙画●和田三造

ISBN978-4-04-101625-1 C0193

角川文庫発刊に際して

角川源義

第二次世界大戦の敗北は、軍事力の敗北であった以上に、私たちの若い文化力の敗退であった。私たちの文化が戦争に対して如何に無力であり、単なるあだ花に過ぎなかったかを、私たちは身を以て体験し痛感した。西洋近代文化の摂取にとって、明治以後八十年の歳月は決して短かすぎたとは言えない。にもかかわらず、近代文化の伝統を確立し、自由な批判と柔軟な良識に富む文化層として自らを形成することに私たちは失敗して来た。そしてこれは、各層への文化の普及滲透を任務とする出版人の責任でもあった。

一九四五年以来、私たちは再び振出しに戻り、第一歩から踏み出すことを余儀なくされた。これは大きな不幸ではあるが、反面、これまでの混沌・未熟・歪曲の中にあった我が国の文化に秩序と確たる基礎を齎らすためには絶好の機会でもある。角川書店は、このような祖国の文化的危機にあたり、微力をも顧みず再建の礎石たるべき抱負と決意とをもって出発したが、ここに創立以来の念願を果すべく角川文庫を発刊する。これまで刊行されたあらゆる全集叢書文庫類の長所と短所とを検討し、古今東西の不朽の典籍を、良心的編集のもとに、廉価に、そして書架にふさわしい美本として、多くのひとびとに提供しようとする。しかし私たちは徒らに百科全書的な知識のジレッタントを作ることを目的とせず、あくまで祖国の文化に秩序と再建への道を示し、この文庫を角川書店の栄ある事業として、今後永久に継続発展せしめ、学芸と教養との殿堂として大成せんことを期したい。多くの読書子の愛情ある忠言と支持とによって、この希望と抱負とを完遂せしめられんことを願う。

一九四九年五月三日